dtv

Was ist es nur, das Golden Retriever zu solchen Herzensbrechern macht? Ist es ihre bedingungslose, uneingeschränkte Liebe? Die Bandbreite ihrer Gefühle, die von unbändiger Freude bis zu abgrundtiefer Trauer reicht? Ihre besonderen Eigenheiten, die sie zu unvergeßlichen Persönlichkeiten machen? Ihre unerschöpfliche Begeisterungsfähigkeit, die dafür sorgt, daß der Familienalltag nie langweilig wird? Arthur Vanderbilt erzählt die bewegende Geschichte seiner unvergleichlichen Golden-Retriever-Hündin Amy. Es ist eine anrührende Liebesgeschichte, die uns zeigt, was wir von Hunden über uns selbst und über die Welt lernen können. »Alle, die Hunde mögen, werden das Gefühl haben, als sei ein neuer Hund im Haus, wenn sie dieses Buch lesen. Amy ist so lebendig, daß sie nicht auf den gedruckten Seiten des Buches bleibt, sondern aus den Seiten heraus und direkt in unsere Herzen springt.« (Brooke Astor)

Arthur Vanderbilt stammt aus der berühmten amerikanischen Vanderbilt-Familie. Er ist Autor der Titel ›Fortune's Children: The Fall of the House of Vanderbilt‹ und von ›Treasure Wreck: The Fortunes and Fate of the Pirate Ship Whydah‹. Er lebt in New Jersey.

Arthur Vanderbilt

Meine Zeit mit Amy

Erinnerungen an einen wunderbaren Hund

Aus dem Englischen von
Svenja Geithner

Deutscher Taschenbuch Verlag

Deutsche Erstausgabe
Mai 2000
Deutscher Taschenbuch Verlag GmbH & Co. KG,
München
www.dtv.de

Titel der amerikanischen Originalausgabe:
Golden Days. Memories of a Golden Retriever
Bantam Books, New York 1998
ISBN 0-553-11083-7
Umschlagkonzept: Balk & Brumshagen
Umschlagfoto: © Tony Stone/Kathi Lamm
Satz und Gestaltung: Hartmut Czauderna, Gräfelfing
Gesetzt aus der 10,4/13,2˙ Stempel Garamond auf
Apple Macintosh, Quark XPress
Druck und Bindung: C. H. Beck'sche Buchdruckerei,
Nördlingen
Gedruckt auf säurefreiem, chlorfrei gebleichtem Papier
Printed in Germany · ISBN 3-423-20336-6

Inhalt

Ein Morgen im Oktober
7

Heimkehr
13

Rudelstreifzüge
23

Balgereien
57

Baywatch
71

Über das tanzende weite Meer
83

Abschiede
107

Oktoberlicht
115

Ein Morgen im Oktober

Was ist es nur, was Golden Retriever zu solchen Herzensbrechern macht?

Ist es ihre bedingungslose, uneingeschränkte Liebe, Liebe in ihrer reinsten Form?

Die Bandbreite ihrer Gefühle, die von unbändiger Freude bis zu abgrundtiefer Trauer reicht?

Ihre besonderen Eigenheiten, die sie zu unvergeßlichen Persönlichkeiten machen?

Ihre unerschöpfliche Begeisterungsfähigkeit, die dafür sorgt, daß der Familienalltag nie langweilig wird?

Das schelmische Funkeln in ihren Augen, wenn sie etwas Unerwartetes aushecken?

Der geradezu unheimliche Einblick, den sie in unser Leben haben? Die Sorge, Anteilnahme und Weisheit, die ihnen ins Gesicht geschrieben steht, wenn sie über etwas nachdenken?

»Alles Wissen«, schreibt Kafka, »die Gesamtheit aller Fragen und aller Antworten ist in den Hunden enthalten.«

Ist es ihr betörender Charme, wenn sie ihre Schnauze an uns reiben und sich an uns drücken, wenn sie uns mit ihrer schlabbrigen Zunge einen nassen, schmatzenden Kuß geben, unsere nackten Beine und Arme hingebungsvoll ablecken und ihren Kopf in unseren Schoß legen, um ein Nickerchen zu machen?

Was mag es bloß sein? Diese Frage stellte ich mir an jenem Samstagmorgen im vergangenen Oktober, als ich im Haus meiner Eltern auf dem sonnenbeschienenen Teppich in der Diele lag und mich von Amy verabschiedete, der Golden-Retriever-Hündin, die mich die letzten zehn Jahre abgöttisch geliebt hatte.

Zwar konnte noch niemand etwas Genaues sagen, aber Amy, das wußten wir, würde sterben.

Sie lebte bei meinen Eltern. Diese hatten sich nach Cape Cod zurückgezogen – mit Hund –, hatten aber ihr Haus in New Jersey noch nicht verkauft und waren anläßlich eines High-School-Treffens hierhergekommen. Amy war wohlauf gewesen, als sie die Woche zuvor von Cape Cod heruntergefahren waren. Und ihr ging es zweifellos auch noch gut, als ich am Mittwoch abend bei ihnen einen Zwischenstop einlegte und wir mit Freunden, die zum Nachtisch herübergekommen waren, zusammensaßen.

Wie immer, wenn ich vor dem Haus parke, wartet sie am Vordereingang, bellt wie wild, als sie mich aus dem Auto steigen sieht, und scharrt verzweifelt an der Türe, bis diese aufgeht. Als es endlich soweit ist, prescht sie wie ein geölter Blitz heraus. Ich gehe vom Weg auf den Rasen, um mich für das, was kommt, zu wappnen: einen 80 Pfund schweren Retriever-Catcher, der sich auf mich stürzt. Sie springt an mir hoch, schlingt ihre Vorderpfoten um meinen Hals und erdrückt mich beinahe.

»Komm rein, bevor dich die Nachbarn sehen«, zischten meine Eltern sonst immer, doch heute abend sagen sie nichts. Nachdem sie das Schauspiel all die Jahre mit angesehen haben, akzeptieren sie nun endlich, daß ich – warum auch immer – Amys Tom Cruise, ihr Brad Pitt, ihr Elvis bin.

»Was für ein liebenswerter Empfang«, sage ich und tätschele Amy, die vor Entzücken aufjault, um schließlich mit einem Seufzer von mir abzulassen und mich ins Haus zu treiben. Schwanzwedelnd, voller Stolz, was sie da heimbringt, steuert sie geradewegs auf den großen Wandschrank in der Diele zu, springt davor im Kreis herum, bellt ihn an und beschwört mich mit Blicken, ich möge mich beeilen und mit dem nutzlosen Geschwätz aufhören.

»Ist da irgend etwas für Amy drin«, frage ich unschuldig – ich spiele meine Rolle perfekt, ganz so, wie sie es liebt.

Sie knurrt ungehalten und scharrt mit den Pfoten an der Tür, auf daß diese sich öffnen möge.

Vorsichtig wie immer, mache ich die Schranktür auf. Amy drückt sich durch den Türspalt, stöbert hingebungsvoll in einem Berg aus Winter- und Gummistiefeln herum, sowie in einer Ansammlung verschiedenster Schirme, Turn- und Wanderschuhe, bis sie in dem staubigen Durcheinander genau das findet, was sie gesucht hat: einen meiner alten Filzpantoffeln. Sie schnappt ihn sich, taucht wieder aus dem Schrank auf, wirft triumphierend den Kopf in den Nacken und rast ins Eßzimmer, um den Eßtisch herum, ich ihr dicht auf den Fersen. Wir liefern uns eine heiße Verfolgungsjagd.

»Aus der Bahn! Aus der Bahn!« ruft mein Vater meiner Mutter zu; er kennt die Regeln des Schuhspiels in- und auswendig und weiß, daß diese Nummer bis zum Ende durchgezogen werden muß – hoffentlich, bevor die Gäste kommen.

»Ich hab' dich!« schreie ich und jage Amy in einem schwindelerregenden Rundlauf um den Tisch. »Ich hab' dich!«

Wieder und wieder rennen wir im Kreis herum, bis sie sich von mir fangen läßt. Ich setze mich vor sie hin, und jeder von uns hält ein Ende des Pantoffels fest, während wir uns tief in die Augen sehen.

»Brav, Amy, vielen Dank. Vielen, vielen Dank! Du weißt ja, daß das mein Lieblingsschuh ist, mein allerbestes Stück.«

Um ehrlich zu sein, wird der Pantoffel nach all den Jahren, da wir dieses geheimnisvolle Retrieverspiel gespielt haben, allmählich ziemlich schäbig.

»Darf ich ihn haben, damit meine Füße schön warm bleiben? Bitte! Bitte, bitte!«

Sie läßt den durchweichten Schuh ein bißchen locker, gerade so, daß ich ihn ihr aus dem Maul ziehen kann.

»Danke, Amy. Vielen Dank!« Unsere Nasen berühren sich, und ich reibe mein Gesicht an ihrer warmen Schulter, die so wundervoll nach Hund riecht. Sie schleckt mein Ohr ab. »Das war lieb von dir, daß du meinen Pantoffel gebracht hast – ganz wie es sich für einen echten Retriever gehört. Braves Mädchen.«

Sie beobachtet mich scharf, als ich den Schuh wieder im Schrank verstaue, so daß er bei meinem nächsten Besuch bereitliegt.

Doch am Morgen darauf beginnt sie zu hinken und verbringt den Rest des Tages auf dem kleinen Sofa im Arbeitszimmer. Sie schleppt sich humpelnd durch die Gegend, und es wird nicht besser. Sie hat keinen Appetit – ein schlechtes Zeichen. Meine Eltern fahren mit ihr zum Tierarzt.

Vielleicht hat sie sich etwas eingetreten? Oder hat sie Borreliose? Das wäre nicht das erste Mal. Oder vielleicht Arthritis? Sie wird langsam älter. Dr. Walters röntgt ihr Bein, und am äußersten Bildrand sind die vergrößerten Lymphknoten in ihrer Brust zu erkennen.

Wissenschaftler haben herausgefunden, daß Tiere imstande sind, sich perfekt zu verstellen, so daß jeder denkt, sie erfreuten sich bester Gesundheit, selbst wenn sie schon ziemlich krank sind. Das kann Naturforschern zufolge so weit gehen, daß etwa Vögel bis zu dem Moment singen, in dem sie tot zu Boden stürzen. Ich vermute, daß Amy uns bereits ziemlich lange etwas vorgespielt und ihre gewohnten Rituale beibehalten hat, um uns eine Freude zu machen, aber dazu nun nicht mehr länger in der Lage ist.

Samstag morgen. Meine Eltern sind unterwegs, um Besorgungen zu machen. Sie wollen morgen früh nach dem Klassentreffen zurück nach Cape Cod fahren. Ich schaue im Haus vorbei, um nach Amy zu sehen – in der Hoffnung, daß sie sich besser fühlt und ich sie vielleicht sogar dazu bewegen kann, etwas zu fressen. Doch im Grunde weiß ich, daß es ein Abschiedsbesuch ist.

Ich schmuggle mich über die Garage ins Haus hinein und schleiche die Treppe hoch, um sie zu überraschen.

Da liegt sie, ausgestreckt in der Diele, den Kopf unter dem Stuhl neben dem Telefontischchen, und schläft tief und fest.

»Amy! Hallo, Amy!«

Sie dreht kaum merklich den Kopf, gerade so weit, daß sie mir in die Augen sehen kann, schlägt kraftlos mit dem Schwanz auf den Boden und schließt wieder die Augen. Keine spezielle Retrieverumarmung heute morgen. Ich tue so, als sei alles wie immer.

»Wie geht's dir? Wie geht's meiner Amy?« frage ich, während ich mich neben sie auf den Boden lege und ihren seidig weichen Kopf streichle. »Ist alles in Ordnung?«

Die Heizkörper erwärmen sich langsam. Nach einer Weile öffne ich die Haustür, um frische Luft hereinzulassen. Es ist einer dieser wunderschönen, strahlend blauen Spätsommertage – die grüne Wiese lädt noch zum Fußballspiel, doch das Wispern des Todes mischt sich bereits unter das Rascheln des braunen Eichenlaubs, das herabsegelt und sich wie ein Teppich über den Rasen breitet: »Lebt, denn ich komme.«

Amy öffnet die Augen. Die Sonne scheint warm auf ihren Rücken. Ihre Nasenflügel beben, als sie den Geruch von nassem Gras und modrigem Laub einsaugt.

»Ist schön draußen, was?« Ich möchte ihr gute Nachrichten bringen. »Hey, weißt du schon, daß ihr morgen nach Cape Cod zurückfahrt? Jean, Bill und Amy. Ja, richtig, schon morgen!«

Sie schließt wieder die Augen, hört aber nicht auf zu schnuppern und all die Gerüche ihres zehnten Herbstes einzusaugen. Und wie wir so zusammen da liegen, in der sonnendurchfluteten Diele, an diesem Samstagmorgen im Oktober, klingt die Brise in den Schierlingstannen draußen mit einem Mal wie die Brandung an der Ostküste des Cape, und ich bin sicher, wir hängen denselben Gedanken nach, erinnern uns an dieselben goldenen Tage …

Heimkehr

Es ist Juli. Das erste Juliwochenende. Die Zeit: 11.30 Uhr. Die letzte Etappe einer langen Reise an einem heißen Sommer-Samstagmorgen. Meine Schwester ist aus Washington D.C. eingeflogen. Ich komme aus Newark. Wir treffen uns unten bei der Gepäckausgabe im Terminal D, drehen etliche Runden mit dem Bus durch den Logan Airport, auf der Suche nach dem Hertz-Parkgelände, finden unseren Wagen, werfen unser Gepäck auf den Rücksitz und fädeln uns in den Wochenendverkehr Richtung stadtauswärts, nach Cape Cod, ein.

Die Mittagshitze steigt vor uns vom Highway auf und erzeugt Fata-Morgana-artige Pfützen dicht über dem Asphalt, die sich in Luft auflösen, wenn wir die jeweilige Stelle erreichen. Wir kommen flüssig voran. Dann gerät der Verkehr plötzlich ins Stocken – und kommt aus unerklärlichen Gründen völlig zum Erliegen. In der folgenden Viertelstunde geht es keine fünf Meter mehr voran. Dann setzt sich die Schlange unerwartet wieder in Bewegung. Und als endlich die Sagamore-Brücke zu sehen ist, bewegen wir uns im Stop-and-Go-Verfahren vorwärts, Stoßstange an Stoßstange. Als wir den Cape-Cod-Kanal überqueren, schalten wir die Klimaanlage aus und öffnen die Fenster, um den Duft von Virginischen Kiefern und Salzwasser einzuatmen, der für uns den Beginn des Sommers signalisiert. Wir zählen die Ausfahrten entlang des Mid-Cape-Highways, die in einem öden Wechsel wie in Zeitlupe auftauchen und wieder verschwinden. Als wir schließlich die Ausfahrt Nummer 11 nehmen und auf der Bay Road weiterfahren, stellen wir fest, daß die Straße seit Thanksgiving ausgebaut worden ist. Und dann öffnet sich vor unseren Augen auch schon die weite Pleasant Bay, wo Windsurfer über das Wasser schnellen und, weiter draußen, weiße Segel an den Inseln vorbeigleiten.

Während wir am Golfplatz entlangfahren, nach einem letzten Panoramablick über die Bucht und die Inseln bis aufs offene Meer hinaus, lösen wir unsere Sicherheitsgurte. Wir sitzen schon in Startposition, um in der Sekunde, in der wir in die Einfahrt gerollt und zum Stehen gekommen sind, aus dem Auto zu springen. Denn wir wissen, daß dort bereits eine Golden-Retriever-Hündin durch das Fliegengitter der Eingangstür nach draußen schaut und sofort begreift, daß die zwei fehlenden Mitglieder ihres Rudels wieder zu Hause sind.

Sie steht auf den Hinterpfoten, scharrt in einem fort am Gitter und bellt wie wild. Durch ihr Anschlagen aufmerksam geworden, öffnet ein anderes Mitglied des Rudels die Tür, und Amy stürmt los, springt an uns hoch, schmiegt ihren Kopf an uns, erdrückt uns fast vor Freude, rennt von einem zum andern, um dann im Kreis um uns herumzurasen, fiepend und quietschend vor Glück, und als wir uns hinknien, um sie zu begrüßen, bellt sie uns freudig ins Gesicht; dann werden wir ins Haus und auf direktem Wege in unsere Zimmer getrieben.

Kaum haben wir unser Gepäck auf dem Boden abgestellt und den Reißverschluß geöffnet, da vergräbt Amy auch schon ihre Nase in meinem Koffer, um zwischen der sauber gefalteten Unterwäsche und den Socken zu stöbern und meine Hemden suchend zur Seite zu schieben.

»Was willst du denn, Amy? Wo ist es bloß? Dies hier? Ah, da haben wir es!«

Ich grabe zielgenau an der richtigen Stelle und ziehe den neuen Tennisball heraus, der so köstlich nach Gummi riecht. Sie schnappt ihn sich, rast aus dem Zimmer, saust mit dem Ball im Maul durch das ganze Haus, winselt und jault, schnaubt aufgeregt durch die Nase und wird nicht müde bei ihrer Suche nach dem besten Versteck.

Hinter dem Vorhang? Nein, das wäre zu offensichtlich.

Unter dem Stuhl? Nein, okay, das sehen alle.

Was tun? Sie legt sich hin und kaut eine Weile kräftig darauf herum, springt dann plötzlich mit dem Ball im Maul wieder auf und läuft zu dem sandigen Weg, um uns an den Klippen entlang hinunter zum Strand zu führen, von wo aus sie ihr Revier überwacht.

Sie hält am Ende des Weges an, so daß wir alles in uns aufnehmen können: Die leichte Brise aus Südwest, die durch den Strandhafer streicht. Sommerliche Gerüche nach heißem Sand und kaltem Meerwasser sowie nach dem grünlichen Salzsumpf, drüben auf Strong Island. Unten in der Pleasant Bay Little Sipson und Big Sipson Island, und dahinter, in der Little Bay, Hog Island, Sampson Island, Pochet Island und Barley Neck. In der Ferne die sanft gewellten Dünen vor dem offenen Meer. Und über allem der Sommerhimmel.

In ein paar Sätzen bis ans Wasser. Ein Blick zurück zu uns: *Wollt ihr schwimmen gehen? Nein? Jetzt nicht? Okay.* Und schon rast sie wieder zum Haus hinauf, wobei sie prüft, ob wir auch wirklich noch hinter ihr sind. Geradewegs in die Küche zu ihrem Wassernapf. Sie trinkt gierig, um uns dann so schnell wie möglich in den Wintergarten zu folgen, wo sie sich mitten im Raum hinsetzt und einen tiefen, zufriedenen Seufzer ausstößt.

Erst jetzt, und wirklich keine Minute früher, kommen wir dazu, unsere Eltern zu begrüßen.

»Wißt ihr, sie hat schon den ganzen Morgen über geduldig an der Tür gewartet.«

Wir werden in einen Plausch über die neuesten Neuigkeiten verwickelt. Amy verfolgt die Unterhaltung, wobei ihre Augen von einem zum anderen wandern, bis all der wirklich interessante Klatsch erzählt ist, das Gespräch langweilig wird und wir uns wiederholen. An diesem Punkt legt sie sich hin, die Pfoten locker übereinander, und schließt ihre Augen. Ab und an blinzelt sie herüber, um sicherzugehen, daß wir noch da sind, sucht unseren Blick und klopft mit ihrem Schwanz auf den Boden: *Eins*, dong! *Zwei*, dong! *Drei*, dong! *Vier*, dong! *O ja, sie sind alle da.*

Den Rest des Nachmittags folgt sie uns überall hin, linst verstohlen zu uns herüber, mit diesem Sie-sind-tatsächlich-und-wahrhaftig-endlich-hier-Blick. Beim Abendessen nimmt sie ihren gewohnten Platz ein, setzt sich genau zwischen meine Schwester und mich, legt den Kopf erst in den Schoß meiner Schwester, dann in meinen, dann wieder in ihren, wobei sie immer wieder ihre Schnauze sanft in unseren Bauch drückt, um sich zu versichern, daß ihr geheimer Code noch funktioniert. Das tut er: Entgegen aller elterlichen Ermahnungen findet nach jedem Stupser ein leckeres Häppchen Flunder oder eine Gabel voll Makkaroni mit Käse auf geheimnisvolle Weise seinen Weg von unseren Tellern in ihr Maul; und später, zum Nachtisch, teilen wir uns einen Becher Yoghurt (am liebsten mit Zitronengeschmack), annähernd fifty-fifty. (Wenn niemand zusieht, essen wir zusammen in Streifen geschnittene Karotten, wobei der eine an dem einen, der andere am anderen Ende anfängt.)

Mitten in der Nacht höre ich im Traum ein leises Rascheln und spüre irgend etwas neben mir, und wenn ich ein Auge öffne, sehe ich, daß sie nur wenige Zentimeter von meinem Gesicht entfernt ihren Kopf auf meine Matratze gelegt hat und mich konzentriert ansieht. Als sie mich blinzeln sieht, wedelt sie mit dem Schwanz, so daß er gegen die Bettkante schlägt, um mich zu begrüßen, und ihr ganzer Körper zuckt vor Glück.

»Hallo, Amy«, flüstere ich und tätschele sie. Zufrieden, daß es mir gutgeht, macht sie sich unverzüglich auf den Weg zum nächsten Schlafzimmer, um dort nach dem Rechten zu sehen, kommt aber noch ein, zwei weitere Male im Laufe der Nacht vorbei, um auch wirklich ganz, ganz sicherzugehen, daß wir noch da sind.

Im ersten Sommer, als sie noch jung war und das erste Mal nachts nach mir sah, dachte ich, daß sie rausmüsse.

»Will Amy raus?«

Sie sah mich fragend an. *Was hat er um Himmels willen bloß für ein Problem?*

»Amy? Okay, Amy will raus?«

Also gut, wenn es unbedingt sein muß, aber etwas seltsam ist es schon. Es ist stockfinster und unheimlich draußen, bis zum Morgen ist es bestimmt noch ewig hin, und ich muß meine Runde machen und zurück ins Bett.

Wir schlichen also mit einer Taschenlampe durchs Haus und zur seitlichen Tür hinaus, überquerten die Veranda und liefen durchs nasse Gras bis an den Rand der Klippen.

Von der Bucht drang das Tosen des Wassers herauf. In der Ferne konnten wir hören, wie die Brandung herandonnerte und wieder aufs offene Meer zurückwich, und bisweilen vernahmen wir den dumpfen Aufprall eines gigantischen Brechers. Das Licht von Sternen, das vor einer Million Jahren zu uns aufgebrochen war, erreichte uns endlich in dieser Nacht. Wie wir so auf den Klippen standen und zur Milchstraße hochsahen, die sich von Horizont zu Horizont erstreckte und sich über den ganzen Himmel spannte, hatte ich das Gefühl, als wären wir beide allein im Weltraum, als bewegte sich die Erde durch Raum und Zeit, eine Insel, die in einem Meer aus Sternen trieb, und als würden wir hinunterfallen, wenn wir uns nicht festhielten.

»Hierhin. Amy, geh hierhin«, rief ich, während ich mit dem Strahl der Taschenlampe auf ein geeignetes Fleckchen in dem spärlichen Gras auf dem Kamm der Klippe wies.

Was zum Teufel ...

»Okay, hierhin. Amy. Amy, geh hierhin!«

Keine Chance. Sie starrt mich an.

»Also gut, jetzt werd' ich dir mal was sagen, das ist deine letzte Chance, ist das klar? Ich komm' hier nicht mehr raus, ja? Hast du verstanden? Das war mein letztes Wort.«

Nein.

»Nein?«

Nein.

»In Ordnung. Letzte Chance. Hierhin, okay?« sage ich und leuchte dabei mit der Taschenlampe übers Gras. »Amy, geh hierhin.«

Nein.

»Nein?«

Nein.

Mittlerweile hatten wir beide tausend Ängste ausgestanden, was wohl da draußen in der Dunkelheit hinter dem Dickicht aus Wachsmyrtensträuchern lauern mochte: Kojoten? Bären? Drogenkuriere? Entführer? Ich lud mir Amy über die Schulter, lief, so schnell ich konnte, zum Haus zurück und schloß die Türe hinter uns ab.

Wir gehen beide wieder ins Bett. Einige Stunden später spüre ich erneut, daß jemand in meiner Nähe ist, mit dem Schwanz wedelt und mich erwartungsvoll ansieht.

»Na siehst du, Amy. Ich hab's dir doch gesagt. Du mußt mal raus. Und diesmal machst du auch ein Geschäft, ja?«

Wir gehen nach draußen, kommen wieder zurück – und sind keinen Schritt weitergekommen.

Nachdem das mehrere Nächte so gegangen ist, beginnt es mir begriffsstutzigem menschlichem Wesen zu dämmern: Amy wollte gar nicht nach draußen. Sie hat ihre Blase nämlich bestens unter Kontrolle. Sie machte nur ihre nächtliche Runde durch die Schlafzimmer, um nach dem Rechten zu sehen.

Mehrmals pro Nacht macht sie die Runde, von Schlafzimmer zu Schlafzimmer, um sicherzugehen, daß alle wohlauf sind. Wenn wir hallo sagen oder sie tätscheln, verschwindet sie sofort wieder. Aber wenn wir tief und fest schlafen wie die Murmeltiere, winselt sie leise, klopft mit dem Schwanz gegen das Bett oder legt ihren Kopf auf die Matratze und sieht uns so lange an, bis wir aufwachen. Falls einmal eine Schlafzimmertür geschlossen ist und sie keine Reaktion auf ihr leises Winseln erhält, stellt sie sich vor die Tür und wedelt mit dem Schwanz, so daß er bei jeder Bewegung gegen die Tür schlägt. Und wenn wir wirklich völlig weggesunken sind und auch das nichts hilft, legt sie sich der Länge nach direkt vor die Türe; und genau wie Atticus Finch, der am Ende von ›Wer die Nachtigall stört‹ über Jem wacht, harrt sie die ganze Nacht über dort aus. Wenn wir dann morgens die Tür öffnen, klopft sie mit dem Schwanz auf den Boden und wünscht uns bellend einen guten Morgen.

Bei ihrem nächtlichen Kontrollgang führt sie ihr Weg jede Nacht von ihrem Korb im Schlafzimmer meiner Eltern raus in die Diele, durch das dunkle Wohnzimmer und die Küche, über den rückwärtigen Flur bis zum Zimmer meiner Schwester. Ein kurzer Blick. Weiter in mein Zimmer. Alles in Ordnung. Alle sind da. Alle anwesend und registriert. Alles ist, wie es sein soll. Also zurück in den Korb und schlafen.

Gleich einem Dealer im Spielcasino rechnet sie laufend im Hinterkopf mit, wer da ist und wer fehlt. Wenn sie am Ende nicht auf die Zahl vier kommt, spürt sie, daß etwas faul ist und macht sich Sorgen. Sie ist genau wie Nana, der Neufundländer, der in ›Peter Pan‹ das Kindermädchen spielt und auf die Darling-Kinder Wendy, John und Michael aufpaßt. Ein Auge auf uns zu haben ist ein Fulltime-Job für Amy, wenn man all ihre Aufgaben bedenkt: die Wachschichten an der Haustür vorne, die nächtlichen Kontrollgänge, die ständigen Sorgen.

Sie betrachtete sich genau von dem Nachmittag an als verantwortlich, an dem meine Eltern sie abholten und in unser Haus brachten. Hundezüchter empfehlen die zwölfte bis sechzehnte Woche als besten Zeitpunkt, um einen Welpen zu sich zu nehmen. In dieser Phase fällt die Umgewöhnung am leichtesten. Da es von der Reiseroute her so am günstigsten war, war Amy erst acht Wochen alt, als sie zu meinen Eltern kam. Sie setzte entweder von vornherein voraus, daß sie ein menschliches Wesen war, oder meine Eltern mimten ziemlich gelungen die Golden Retriever; sie wußten ganz gut, wie man das macht. Von dem Augenblick an, in dem Amy in ihr Haus stolzierte, wie Cäsar, der auf einem Triumphzug seine jüngste Eroberung begutachtet, nahm sie ihre rechtmäßige Position als Rudelführerin ein. (Anders als bei Caesar erinnert ihre Tapferkeit allerdings an jemanden, dem es im Dunkeln nicht ganz geheuer ist; wenn auch nur der kleinste Anlaß zur Furcht besteht, tritt sie schleunigst den Rückzug an, um sich bei den nächstbesten Beinen in Sicherheit zu bringen.)

Es ist ein ziemlich bunt zusammengewürfeltes Rudel, falls es denn eins ist: ein Rentnerehepaar und zwei Kinder mittleren Alters, die zu Besuch kommen (für gewöhnlich nur, wenn das Wetter auf dem Kap gut ist). Aber sie macht das Beste daraus. Dieselbe Hündin, die Geschenke mit der uneingeschränkten Begeisterung einer Vierjährigen öffnet, scheint mit der Weisheit eines Philosophen zu fühlen, daß »die gute alte Zeit immer noch lebendig ist«; sie betrachtet die Rückkehr eines beliebigen Rudelangehörigen, der für eine Stunde oder länger von zu Hause fort war, als Grund für eine überschwengliche Begrüßung; die Rückkehr nach einer längeren Abwesenheit rechtfertigt eine ausgiebige Heimkehr-Feier.

Rudelstreifzüge

Die schwüle Sommerhitze hält tagelang an, vier, fünf Tage, ja eine Ewigkeit. Bisweilen dreht nachts der Wind und bläst durch das Fliegengitter herein, und man muß das Laken und die leichte Decke hochziehen, die zusammengeknüllt am Fußende liegen; später kann man hören, wie unterhalb der Klippen die vom Wind gepeitschten Wellen in immer dichteren Abständen über den Strand rollen, und man riecht den frischen Duft des Sommermorgens.

An einem solchen Morgen sind sogar die Schlafmützen (und Amy ist nicht selten die Königin der Schlafmützen, wenn sie wartet, bis das letzte Rudelmitglied aufgestanden und angezogen ist, bevor sie sich entschließt, sich ebenfalls aufzuraffen – doch wer könnte ihr das verübeln? Sie hat die ganze Nacht Dienst getan und über ihre Schäfchen gewacht) – also sogar die Schlafmützen sind heute früh auf den Beinen. Die Sonne ist so blendend hell, der Himmel so unendlich blau, daß man vom Frühstückstisch aus über die ganze Bucht hinauf bis nach Pochet Island sehen kann und weiter hinten, zwischen den Dünen vor der offenen See, Blicke auf das tiefblaue Meer erhascht.

Es ist ein Gefühl wie am ersten Morgen diesen Morgen, an dem ein guter Segelwind durch den Strandhafer am Rand der Wiese und die Zweige des Apfelbaums draußen vorm offenen Eßzimmerfenster bläst und die Vorhänge bläht; ein Morgen, den man am liebsten tief einatmen, aufsaugen, in sich aufnehmen möchte. Amy, die schon draußen war und gefrühstückt hat, empfindet dasselbe. Sie kann es kaum erwarten, sich ins Abenteuer zu stürzen, und ersinnt alles mögliche, um uns zur Eile anzutreiben.

Nachdem sie verdächtig lange fortgewesen ist, taucht sie mit einem einzelnen Segeltuchschuh auf, und als sie sicher ist, daß wir es bemerkt haben, schüttelt sie ihn kräftig hin und her und knurrt. Sie schaut zu uns hoch und schüttelt ihn noch einmal.

Ich werfe einen kurzen Blick darauf. Er sieht aus wie Marjories, daher wende ich mich in aller Ruhe wieder meiner Schüssel mit Weizenflocken zu.

»Es ist deiner, weißt du«, teilt mir meine Schwester geschlagene fünf Minuten später mit, während sie zufrieden einen Marmeladenpfannkuchen mampft und Amy genüßlich auf den ungegerbten Lederschnürsenkeln des Segeltuchschuhs herumkaut, so daß sie schön durchweichen.

Ich schaue noch einmal und springe vom Tisch auf.

»Das sind meine! Na warte!« schreie ich und drohe der Diebin mit der Faust, während sie wieder und wieder um den Tisch rennt und ich fast, aber nie ganz, das Ende ihrer buschigen Rute zu fassen bekomme, die vor Glück kreiselt.

Mit Tempo ist da nichts zu machen. Schließlich waren ihre Vorfahren in der Lage, ganze Herden von Gnus in der afrikanischen Savanne zur Strecke zu bringen; und draußen auf dem Rasen haben wir nicht einmal zu zweit eine Chance, wenn sie mit uns Fangen spielt, listig Haken schlägt, sich dreht und dreist zwischen uns durchsaust. Da ist es geboten, die geistige Überlegenheit des Menschen einzusetzen.

Ich täusche an, vollführe eine Drehung und steuere geradewegs auf sie zu, als sie um die Tischecke biegt. Doch ehe ich es mich versehe, schlüpft sie unter den Tisch, schlängelt sich durch den Wald von Stuhlbeinen und taucht auf der anderen Seite wieder auf, so daß sie nun hinter mir ist. Ich wiederhole das Manöver, diesmal in der anderen Richtung. Mit dem gleichen Ergebnis.

Verdammt! Ich werde mich doch nicht von so einem gerissenen Miststück von Golden Retriever austricksen lassen. Wenn ich wenigstens eine Minute lang nachdenken könnte, würde ich bestimmt eine Strategie finden, um sie in die Enge zu treiben, soviel ist sicher. Aber mit einem Magen, der gefüllt ist mit einem großen Glas Saft, einer halben Schale Weizenflocken, garniert mit Bananenscheiben, einem Teil eines Marmeladenpfannkuchens und einem Glas Milch, bin ich bereit, zu kapitulieren und die weiße Flagge zu zeigen.

Ich setze mich auf den Fußboden.

»Das ist mein Lieblings-Leinenschuh, weißt du.«

Sie bleibt auf der anderen Seite des Tisches stehen. Keine Antwort. Sie wird keine Gefangenen nehmen.

Ich hebe ihren grünen Gummifrosch auf und beginne mit den Verhandlungen.

»Hätte Amy gerne ihr Fröschchen? Ja? Hätte Amy gerne ihr Fröschchen?«

Ich halte es hoch und lasse es ein paarmal quietschen.

Doch Amy würdigt das Fröschchen keines Blickes und kaut betont hingebungsvoll auf meinem Schuh herum.

»Sie wird dir *deinen* Schuh nicht für *ihren* Frosch geben«, erklärt mir meine Schwester, als spräche sie mit einem geistig Minderbemittelten. »Du mußt ihr schon ein Stück Nane geben.«

»Nein«, sagt meine Mutter entschieden. »Sie hat schon genug Banane gehabt. Ihr habt sie beide verzogen, und das kommt dabei heraus. Sie tut das nie, wenn Bill und ich alleine sind, nicht wahr, Amy?«

Angesichts von Amys Blick überkommen mich diesbezüglich ernsthafte Zweifel. Oder vielleicht sieht Amy uns ja als die am leichtesten zu tyrannisierenden Rudelmitglieder an.

»Du weißt doch, warum ich meinen Schuh brauche, oder?« sage ich bei dem Versuch, sachlich zu argumentieren, nachdem die Verhandlungen gescheitert sind. »Damit mein Fuß nicht kalt wird.«

Sie schaut mich an, nicht bereit, auf den besänftigend-süßen Ton des geschlagenen Kriegers hereinzufallen.

»Siehst du das? Mein Fuß hat keine so netten Ballen wie deiner.«

Ich halte meinen nackten Fuß hoch und fahre mit meinem Finger über die Sohle, damit sie den Unterschied sehen kann.

»Wie soll ich denn ohne den Schuh spazierengehen? Ich weiß gar nicht, was ich jetzt machen soll.« Ich seufze traurig. »Nun kann ich nicht mal spazierengehen.«

»Spazierengehen« ist wahrscheinlich das Zauberwort. Vorsichtig und sichtlich mißtrauisch kommt sie herüber, wobei sie beim Gehen den Schuh an den Schnürsenkeln hält und ihn wie eine Trophäe vor- und zurückschwingen läßt. Sie setzt sich mir gegenüber.

»Danke, Amy«, sage ich, als ich ihr mit Gewalt den Kiefer auseinanderbiege, um meinen durchweichten Schuh herauszuziehen.

»Das ist wirklich ungeheuerlich.« Meine Schwester verzieht das Gesicht. »Igitt! Hundesabber. Schaff das hier raus.«

»Vielen, vielen Dank, Amy«, sage ich noch einmal und umarme sie.

Ich stehe auf, stelle den Schuh außer Reichweite oben auf den Wäschetrockner in der Küche und setze mich hin, um meine Weizenflocken weiterzuessen.

Das ist natürlich überhaupt nicht das, was Amy uns zu vermitteln versucht. Sie wirft uns einen entrüsteten Blick zu – *sie sind wirklich beschränkt* –, bevor sie hocherhobenen Hauptes die Küche verläßt. Binnen einer Minute kommt sie wieder, diesmal mit dem Händehandtuch, das an der Rückseite der Küchentür gehangen hat und welches sie nun herausfordernd über ihrem Kopf hin und her schwingt.

»Nehmt es ihr weg«, befiehlt meine Mutter.

»Ich mach' das diesmal nicht«, verkünde ich, tief über mein Frühstück gebeugt.

»Okay, okay«, murrt Marjorie und springt auf, um Amy nach dem altbekannten Muster zu verfolgen.

So treibt sie, gleich einem Hirtenhund, ihre naive Herde weiter in die von ihr gewählte Richtung; viel früher, als es ohne ihr Drängeln der Fall gewesen wäre, stupst sie uns zur Terrassentür, hinaus in den wunderschönen Morgen; und wir folgen ihr über den Sandweg, die Felsen hinab bis zum Strand.

Wir ziehen den Reißverschluß unserer Windjacken hoch. Die frische nordöstliche Brise, die geradewegs durch die Narrows die Bucht herunterfegt, hat über Nacht entlang der Flutmarke einen glitzernden grünen Wall aus Seetang aufgeworfen und schleudert jetzt die Windwellen dagegen.

Amy prescht voran, hinunter zum Strand, dreht sich nach uns um und saust dann zurück, geradewegs zu den Fingern, die ihren Tennisball umschlossen halten und welche sie zu verschlingen sucht, um dann weit fort zu laufen wie ein Außenfeldspieler und gleichzeitig über die Schulter zurückzuschauen.

»Wirf«, rufen wir.

Mein Vater wirft den Ball in hohem Bogen in die Luft; und Amy, die wie ein geölter Blitz losrast, kommt gerade rechtzeitig, als er herunterfällt. Sie schnappt ihn sich und saust gegen den Wind den Strand entlang, schwanzwedelnd und mit nach hinten fliegenden Ohren; sie stürmt in hellem Entzücken gegen die Brise an, als wolle sie mit ihr spielen. Wir joggen über den harten Sand hinter ihr her, wie es nur Leute mittleren Alters wie wir, also Leute in den besten Jahren, vermögen, wobei wir uns direkt oberhalb des Streifens halten, an dem sich die kleinen Wellen überschlagen.

Ein ganzes Stück vor uns bleibt Amy stehen, läßt ihren Ball fallen und schaut auf die Bucht hinaus. Wie ein Weinkenner, der einen edlen Tropfen kostet, hebt sie ihre Schnauze in den Wind, schnuppert neugierig, um den Jahrgang herauszufinden, schnüffelt noch einmal mit wachsender Überzeugung und Begeisterung, schließt die Augen und schnuppert ein drittes Mal, weil die Luft mit ihrem betörenden Buchtbouquet so weich ist. Zufrieden läuft sie weiter, tollt vor uns den Strand entlang und erkundet das Terrain. Sie geht theatralisch auf einen Schwarm Strandläufer los und spielt Fangen mit den Wellen; dann läßt sie sich hinter uns zurückfallen, um eine Duftspur im Strandhafer zu verfolgen.

Jetzt wird's langsam interessant, denkt sie zweifellos, als wir geräuschvoll des Weges kommen.

An einem solchen Morgen, wenn der Wind auf Nordwest dreht und das Wetter aufklart, ändert sich auch unsere Stimmung. Da haben wir so ein Gefühl, daß etwas geschehen wird. Wolkenschatten huschen übers Wasser. Vorne vor dem Pier der städtischen Anlegestelle dümpeln drei Segelboote und schlagen an ihre Verankerung, die Wellen klatschen von unten an ihren glänzenden weißen Rumpf, und ihre Falle schlagen klirrend an die Metallmasten. Windwellen spritzen zum Strand hoch, eine über die andere, und die Brise streicht durch den Streifen Spartgras am Ufer, fährt unter unsere Windjacken, stülpt Amys Ohren nach außen und bläst säuselnd durch den silbrig grünen Strandhafer hinten in den Dünen.

Und alles, wonach ich verlange, ist ein windiger Tag,
an dem die weißen Wolken fliegen
und die Gischt hochgeschleudert wird und die
Schaumkronen fortgeblasen und die Möwen schreien.

Wir laufen gebückt unter dem Landesteg durch, der für Amy offensichtlich die äußerste Grenze ihres Reviers markiert – es ist der letzte Punkt am Strand, von dem man unser Haus noch sehen kann. Ungeachtet dessen, daß wir diesen Strand schon unzählige Male entlanggelaufen sind, taucht Amy jedesmal wieder aus dem dunklen Schatten des Steges auf, mit der gespannten Erwartung und dem Staunen eines Kindes, das Disneyland betritt. Vor uns liegt die Grenze, die Wildnis, das Abenteuer.

Hier, hinter dem städtischen Anlegeplatz, erstreckt sich ein Wald von zerzausten Pappeln und Virginischen Kiefern bis zum Sandstrand unterhalb des Golfplatzes. Amy stöbert in dem noch vom Winter liegengebliebenen Streifen aus Seetang herum, saugt die Duftmischung aus bittersüßem Nachtschatten und Heckenrosen ein, während wir nach möglichst vollkommenen Jakobsmuscheln in schimmernden Rosa-, Gelb- und Mahagonitönen fahnden und Glückssteine suchen, diese grauen, vom Wasser sanft abgeschliffenen Kiesel, um die eine geheimnisvolle weiße Linie läuft.

»Hier, schau dir das mal an«, sagt meine Mutter und zeigt auf ein mit Wasser vollgesogenes, schmales Stück Holz im Sand, das die Flut freigelegt hat. Es reicht vom Strand bis ins Wasser hinein.

»Das stammt von dem alten Hotel«, bemerkt mein Vater, während er mit einer Muschel daran entlanggräbt. »Ein Teil des Piers.«

»Wo stand es? Da oben?« fragt meine Mutter und zeigt dorthin, wo die Grünanlagen des Golfplatzes sanft zur Küste hin abfallen.

»Ich denke, es war genau dort, auf dem vierten Fairway, mit Blick über die Bucht.«

Wir debattieren wieder einmal, wo es stand, nun um diesen neuen Anhaltspunkt reicher, den die Bucht uns enthüllt hat, dieses lange Stück Holz von dem alten Pier. Das ist alles, was von dem prachtvollen Jahrhundertwende-Hotel namens »Hotel Chatham« übriggeblieben ist.

Vor ein paar Jahren haben wir in einem Buchladen in der Stadt eine vergilbte Broschüre gefunden, die das Hotel im zweiten Jahr seines Bestehens, 1891, herausgegeben hat. Zwei Züge standen täglich zur Verfügung, um Gäste vom Alten Kolonialbahnhof in Boston zur Endstation in Chatham zu bringen (nicht weit von dem Ort, an dem heute der städtische Flughafen liegt). Von dort wurden die Reisenden mit einer Pferdekutsche die sechs oder sieben Meilen bis zum Hotel gefahren. »Die Fahrwege sind in passablem Zustand«, so ein freundlicher Hinweis in der Broschüre. »Für die Straßen werden jährlich viele Tonnen Muscheln verwendet … Nichts trägt so sehr zum Fahrvergnügen bei wie eine gute Muschelstraße.«

Während wir zwei Stunden von Boston nach Chatham brauchen, vorausgesetzt, es gibt keine größeren Staus auf der Brücke, war die Fahrt am 28. Juni 1890, dem Tag, an dem das Hotel eröffnet wurde, ohne Zweifel eine ausgedehnte Tagesreise, deren letzte sieben Meilen über jene »guten Muschelstraßen« für die müden Reisenden vielleicht etwas weniger vergnüglich waren, als es die Broschüre verhieß. Errichtet von Marcellous Eldredge, Chathams erstem Millionär, und Eben Jordan, einem der Gründer des Bostoner Kaufhauses Jordan Marsh, war das Hotel Chatham ein riesiger, dreistöckiger, schindelgedeckter Bau mit Giebeln und Türmchen; ein ehrgeiziges Bauwerk, hier draußen ans Ende der Welt gesetzt, in eine Stadt mit vielleicht tausend Einwohnern. Der Grundriß zeigt fünfunddreißig Gästezimmer im zweiten Stock; zudem einen »Herrenwaschraum« mit einer Wanne und zwei »Kabinetten« sowie einen »Damenwaschraum«, in dem sich zwei Wannen und fünf »Kabinette« befanden. Auf der dritten Etage, die achtunddreißig Gästezimmer bot, hatte der Herrenwaschraum zwei Kabinette und die Damentoilette fünf, Wannen gab es in beiden nicht, eine Lösung, die mir, der ich *ein* Bad mit *einer* Schwester teile, von vornherein zum Scheitern verurteilt scheint. Die Grand Piazza zur Bucht hin war groß genug, um allen »Flaneuren und Lustwandelnden« Platz zu bieten, und innen gab es einen Billardraum, der den »Männern« vorbehalten war, »die gerne das selbstsüchtige Vergnügen, unter sich zu sein, ungestört genießen«.

Zur Zerstreuung jener Gäste, die gerade nicht flanierten, lustwandelten oder selbstsüchtigen Vergnügungen nachgingen, waren jede Menge anderer Aktivitäten geboten: »eine lange Reihe von Badehäuschen«, sieben Meilen Strand im Privatbesitz des Hotels (was entweder ein Druckfehler im Prospekt oder ein außergewöhnliches Zeugnis für die niedrigen Kosten dieser Immobilie in bester Lage direkt an der Hafenpromenade ist), Bootsfahrten, Fischen, Muschelsuchen, Tennis, Croquet, Bowling im Haus, Bogenschießen, Wurftaubenschießen, Truthahn- und Fuchsjagden sowie Reitställe und -wege.

Das Hotel war damit nie sehr erfolgreich (zweifellos

hing das in irgendeiner Weise mit der Badezimmereinrichtung zusammen). Infolge der Börsenpanik machte es 1907 bankrott, und die Einrichtung wurde versteigert. Bevor es Anfang der zwanziger Jahre im Zuge der Bauarbeiten für den Golfplatz abgerissen wurde, war das mit Brettern vernagelte und verlassene Gebäude ein bevorzugter Platz zum Picknicken oder Versteckspielen.

Es sieht stets so aus, als gäbe es noch mehr von dem alten Hotel zu entdecken, wenn wir in dem Wald oberhalb des Strandes herumstöberten: die Umrisse des Tennisplatzes zumindest oder Überreste der Wege, eine vor langem verlorengegangene Croquetkugel, einfach irgend etwas.

»Ich wette, wir könnten da hinten noch das ein oder andere Stück altes Porzellan finden«, schlägt manchmal einer von uns vor, aber dann beschleichen uns Gedanken an Giftefeu und Zecken, und das Rudel hat sich ohnehin schon wieder in Bewegung gesetzt.

Ein Goldfinkenpärchen schießt vor uns aus dem Wald heraus und im Berg-und-Tal-Flug hinüber zu den kleinen orangefarbenen Blüten der Schwalbenwurz, den Preiselbeeren und den violetten Distelblüten, dorthin, wo einst die Badehäuser standen. Die Seelen irgendwelcher Flaneure und Lustwandler müssen zur Fuchsjagd aufgebrochen sein, denn heute morgen haben wir das Gefühl, als seien wir die ersten Spaziergänger an diesem Strand seit dem Anbeginn aller Zeiten; und der Anblick fremder Fußstapfen wäre, wie für Robinson Crusoe, ein Ereignis von großer Tragweite.

Doch tatsächlich waren die ersten Menschen schon lange vor uns hier, vor Tausenden von Jahren.

Am Ende eines dieser grauen Nachmittage, an denen der Nebel vom offenen Meer her über den Strand und die Bucht hinunterzieht, so daß man kaum mehr zu erkennen vermag, wo der Strand aufhört und das Wasser anfängt, kann es vorkommen, daß wir an der Küste entlanglaufen und diese anderen Menschen fühlen.

Archäologen, die rund um die Bucht gearbeitet haben, entdeckten sie in den Fragmenten von Steinwerkzeugen, Muschelsedimenten und Spuren alter Feuerstellen, einer Ansammlung unübersehbarer kleiner Beweisstücke. Diese lieferten ihnen Hinweise auf die Ureinwohner Amerikas, die an diesen Gestaden vor zehntausend Jahren, am Ende des Pleistozäns, einige tausend Jahre nach dem Rückzug der letzten Gletscher, entlanggewandert sind.

Vor zehntausend Jahren. Vor nur fünfhundert Jahren landete Kolumbus in der Neuen Welt. Eintausend Jahre ist es her, daß die Wikinger europäische Siedlungen plünderten. Zweitausend Jahre, daß Christus am Ufer des See Genezareth wandelte. Dreitausend Jahre, daß Troja an der Ägäischen Küste gefallen ist. Über viertausend Jahre, daß der Pharao Cheops die größte der drei Pyramiden von Giseh am Nil erbauen ließ. Die Geschichtsschreibung für die Zeit davor ist sehr vage, und doch liegt es weitere sechstausend Jahre zurück, daß die ersten Menschen an dieser Küste unterwegs waren, genau hier, wo wir an diesem Morgen laufen.

Wer waren sie? Woher kamen sie? Wie fanden sie diesen am offenen Meer liegenden Küstenstrich? Alles, was diese Nomaden und Sammler brauchten, war vorhanden: eine seichte Bai mit versteckten Hafen und kleinen Buchten, mit Flußmündungen und Salzsümpfen, voller Fische und Schalentiere, an denen sich Wasser- und Landvögel tummelten, und auf den Feldern eine üppig wuchernde Vegetation aus wildwachsendem Getreide und Früchten. Es gab Frischwasserteiche sowie Quellen und Wälder voller Wild, und zwar Großwild. Erstaunlicherweise hat man um diese ruhigen Gewässer herum Bären-, Elch- und Wolfsknochen aus prähistorischer Zeit ausgegraben. Wölfe, Amy! Möglicherweise bewegst du dich in den Fußstapfen eines weitentfernten Verwandten. Ein geheimes Getreidelager, das kürzlich in der Nähe einer kleinen Bucht, der Ryders Cove, freigelegt worden ist, wurde mit Hilfe der Radiokarbonmethode auf das Jahr 1100 datiert – tiefstes Mittelalter. Das belegt eindeutig, daß diese Menschen damals schon anfingen, die Felder zu bewirtschaften und ein seßhaftes Leben rund um die Bucht zu führen.

Amy stöbert geräuschvoll in dem trockenen Filz aus Seegras herum, das den oberen Teil des Strands bedeckt, sprintet hinunter zum Ufer, watet in das tannengrüne Wasser, das noch der Schatten des hohen Kliffs vor der Morgensonne schützt, und schaut zu uns herüber, um zu sehen, ob wir es vielleicht in Erwägung ziehen, mit ihr zusammen ein kurzes morgendliches Bad zu nehmen; dann rast sie zurück, den Strand hinauf, um im Strandhafer und in dem Gestrüpp aus Ranken und Gräsern herumzuschnüffeln. Hat sie eine Spur von Meister Reineke aufgenommen, der vergangene Nacht den Strand nach einem kleinen Imbiß abgesucht hat, oder kann sie die Gegenwart eines jener ehemaligen Buchtbewohner spüren? Wenn Archäologen aus winzigen Bruchstücken zersplitterter Steine die Geschichte alter Völker ablesen können, könnte dann nicht die unglaublich feine Nase eines Hundes die Präsenz früherer Menschen und Tiere wittern?

Vielleicht. Vielleicht erhält sie durch das eifrige Schnüffeln mehr Anhaltspunkte, als die Archäologen in ihren Scherben entdecken können. Wer weiß? Aber eines ist sicher: an einem Julimorgen vor zehntausend Jahren, einem Morgen wie diesem, an dem eine frische nordwestliche Brise von den Inseln her über die Bucht blies, haben einige dieser Menschen auf das sonnenglitzernde Wasser hinausgeblickt, genau wie wir, und tief Luft geholt.

Über unseren Köpfen macht sich eine Möwe einen Spaß daraus, sich ein Stück vom Wind tragen zu lassen, dann im Sturzflug herabzugleiten und den Strand entlangzuschnellen, zu schreien, zu heulen und zu lachen, als habe sie eine Botschaft für uns. (*Lebt! Lebt*, hätte sie uns wohl zugerufen, wenn wir hingehört hätten.) So mühelos wie der Drachen eines Kindes läßt sie sich vom Aufwind wieder emportragen über die hohe Klippe des Great Point, hinauf in den blauen Sommerhimmel.

Erspähten indianische Kundschafter von der Spitze des Great Point, dem höchsten Punkt in der Umgebung der Bucht, die winzige *Mayflower*, die an jenem Novembermorgen 1620 vor der Küste entlangschlingerte, bevor sie den »gefährlichen Untiefen und der tosenden Brandung« entkam und Kurs zurück nach Plymouth nahm? Und sahen sie Jahre zuvor das Schiff von Captain John Smith, der 1614 am äußeren Rand von Cape Cod entlangsegelte und die erste genaue Karte der Küste zeichnete? Oder Henry Hudson, der 1609 südwärts Richtung New York schipperte? Oder 1602 Bartholomew Gosnold, dessen Begeisterung über die Kabeljaugründe der Halbinsel zu ihrem Namen verhalf? Oder Giovanni da Verrazano, der 1524 nach Norden, Richtung Maine segelte, oder die Cabots, die 1498 auf ihrer Reise von Labrador nach Virginia diese Küste passierten? Oder schließlich Leif Eriksson, der im Jahre 1003 nach Christus in seinem Langschiff mit den Rahsegeln die fünfzig Meilen an der Küste entlangglitt, deren weiße Sandstrände, die in der Sonne glitzerten, vielleicht die wunderbaren Gestade der Wikinger waren?

Das sandige Antlitz dieser hohen Klippe ist durchzogen von knorrigen, senkrecht verlaufenden Venen trockenen grauen Lehms. Der Lehm, so die Geologen, lagerte sich zwischen den großen Eiszeiten ab, während des unendlichen Zeitraums von Tagen und Nächten in unvorstellbarem Chaos und furchterregender Ödnis – als die Gletscher schmolzen und das unbesonnte Meer den gesamten Osten von Massachusetts bedeckte und die Materialien, die die Gletscher wie Bulldozer vor sich hergeschoben hatten, ordnete und in Schichten ablagerte. Mit einem Mikroskop kann ein Geologe in diesem Lehm die winzigen versteinerten Schwämme, Muscheln, Algen und Pollen, die seit 15 000 Jahren dort eingeschlossen sind, erkennen.

Ich breche einen Brocken heraus und knete ihn beim Gehen zwischen den Fingern, halte an, um ihn im Meer anzufeuchten, drücke ihn aus und forme ihn wie den besten Modellierton aus einem Laden für Künstlerbedarf. Was für Gefäße wurden wohl in den vergangenen Jahrhunderten aus dem Lehm dieser Klippen gefertigt? Was für Murmeln in längst vergangenen Frühlingen von den Jungen, die diesen Strand entlangliefen? Ich forme drei Murmeln und lasse sie von der Spitze des Felsens zum Fuß der Klippe rollen, wobei ich mir im Geiste die Stelle notiere, um das nächste Mal nachzusehen, ob sie, von der Sonne gebrannt, noch am selben Platz liegen.

Zwei Bengels in einem Bostoner Walfänger mit einem gigantischen Außenbordmotor flitzen vorbei und hüpfen direkt am Strand entlang übers Wasser, springen hoch über die Wellen und klatschen donnernd wieder auf. Sie winken uns im Vorbeifahren zu, preschen in einem Höllentempo über die weißen Schaumkronen und verschwinden aus unserem Blickfeld, als sie der Küstenlinie rund um den Great Point zum Ende der Bucht folgen.

Sie nehmen genau die gleiche Route die Bucht entlang, die vor dreihundertfünfzig Jahren einige Pilger aus Plymouth Plantation mit Squanto, ihrem indianischen Führer, an einem Septembermorgen gesegelt sind, auf einer Reise, bei der es um Leben und Tod ging.

Der erste Winter der Pilgerväter in der Neuen Welt war extrem unbarmherzig. Im Januar und Februar 1621 starb die Hälfte der Gruppe, viele davon an Typhus. Die Vorräte waren knapp. Die Unterkünfte waren nicht winterfest. Und diese wackeren Männer fragten sich sicherlich, wie sie in diese Situation geraten waren. Just in diesen dunklen Stunden, als ihre kleine Siedlung in Plymouth von »grauenvoller und trostloser Wildnis umgeben war, voller wilder Tiere und Menschen«, geschah es, daß einer der Wilden sich bis zu ihnen wagte und sie – kaum zu fassen! – in gebrochenem Englisch ansprach. Es war Squanto, den Gouverneur Bradford später als »ein besonderes Werkzeug« bezeichnete, »von Gott zu ihrem Wohle gesandt – was mehr war, als sie sich je erhofft hatten«.

Einige Jahre zuvor war Squanto einer der siebenundzwanzig Indianer gewesen, die von der Besatzung eines englischen Fischerbootes, das in den Küstengewässern von Neuengland unterwegs war, gefangengenommen und nach Spanien gebracht worden waren, wo man sie als Sklaven verkaufte – wahrscheinlich als Kuriosität: die Wilden aus der Neuen Welt. Es gelang Squanto, zu entkommen und sich nach England durchzuschlagen, wo er eine Anstellung bei einem Händler fand und Englisch lernte. Als er erkannte, wie wertvoll Squanto, für ihn als Führer und Dolmetscher sein könnte, brachte der Händler ihn 1621 im Zuge einer Handelsreise nach Neuengland zurück. Während eines Überfalls der Indianer auf die Engländer, die sich auf Martha's Vineyard befanden, floh Squanto erneut und kehrte zurück nach Plymouth.

Im März des rauhen Pilger-Winters, 1621, trat Squanto

aus jener »grauenvollen und trostlosen Wildnis« heraus und in die Geschichte ein. Er war es, der den Pilgern von den Maifischen erzählte, die im Frühjahr die Bäche hinaufschießen, und der ihnen zeigte, wie man sie fängt; er war es auch, der sie lehrte, wie man die »Hügel mit Fisch versieht« – das heißt, wie man diese Fische als Dünger verwenden konnte, indem man drei unter jedem Hügel begrub, auf dem man Korn anpflanzte; er war es, der als ihr oberster Diplomat und Tauschhändler fungierte, indem er den benachbarten Indianerstämmen versicherte, daß diese seltsamen Menschen aus einer anderen Welt friedlich seien.

Doch sogar mit Squantos Hilfe war das zweite Jahr in der Neuen Welt für die Pilger genauso schwierig wie das erste. »Die Hungersnot«, so schreibt Bradford, »begann sie ernsthaft in Bedrängnis zu bringen.« Die Vorräte waren erschöpft. Die *Mayflower* war nach England zurückgekehrt und hatte sie allein in der Wildnis zurückgelassen. Die erhofften Lieferungen aus England waren nicht eingetroffen. Es wurde mit jedem Tag offensichtlicher, daß die Ernte nicht so reich ausfallen würde wie angenommen, da die Siedler das Korn stibitzten, bevor es reif war. Und obwohl, wie Bradford schreibt, »viele gehörig ausgepeitscht wurden, wenn man sie dabei erwischte, wie sie ein paar Ähren stahlen, trieb der Hunger die Leute weiter dazu, denn er war stärker als das Gewissen. Es war völlig klar, daß im kommenden Jahr erneut Hungersnot herrschen würde, falls man nicht vorsorgte oder die Lieferungen, an die sie nicht zu glauben wagten, ausblieben.«

Als englische Kolonialisten aus der Nähe von Weymouth, die unter ähnlicher Lebensmittelknappheit litten, ihre Slup namens *Swan* für eine Expedition anboten, im Zuge derer man bei benachbarten Indianerstämmen um Vorräte nachsuchen wollte, stellte Gouverneur Bradford im September 1622 ein Expeditionskorps zusammen, das zu den Wilden auf Cape Cod aufbrechen sollte. Wie zuvor die *Mayflower*, geriet nun die *Swan* in jene »gefährlichen Untiefen und die tosende Brandung« vor der Küste und wagte sich nicht mehr weiter. Squanto lotste sie über die äußeren Sandbänke und durch die Zufahrt zur Bucht, die zu jener Zeit auf der Höhe von Strong Island lag. »So liefen sie in die Monomoyick Bay ein«, schreibt Gouverneur Bradford – die heutige Pleasant Bay –, und ließen sich von der Strömung durch die Bucht treiben bis dorthin, wo der Monomoyick River sich ins Meer ergoß (und heute die Route 28 quert) und wo sich das Hauptdorf des Monomoyick-Stammes befand.

Zweifelsohne sah der Beobachtungsposten der Monomoyicks oben auf der lehmgeäderten Klippe von Great Point die *Swan*, die in der Gischt vor der Küste draußen hin und her geworfen wurde, verfolgte, wie sie sich durch die Bucht voranarbeitete, und warnte die übrigen. Als die Slup vor Anker ging, hatten sich alle Indianer versteckt. Squanto lief in die umliegenden Wälder, um sie zu überzeugen, daß diese weißen Männer friedfertig seien. Sie kamen heraus und, wie einer der Pilgerväter, Edward Winslow, die Szene beschrieb, »hießen unseren Gouverneur auf ihre wilde Art willkommen, stärkten ihn und seine Männer gut und reichlich mit Rehfleisch und anderen Nahrungsmitteln, welche sie ihnen in Hülle und Fülle brachten«.

Genau hier, direkt vor uns strandabwärts, ein kleines Stück hinter der Anlegestelle des Yacht Clubs von Chatham, erwarben die Pilger im Tauschhandel mit den Indianern Nahrungsmittel. Und hier ist auch Squanto gestorben. Wie Gouverneur Bradford schreibt: »An diesem Ort erkrankte Squanto an Indischem Rückfallfieber, litt an starkem Nasenbluten (was bei den Indianern als Vorbote des Todes gilt), und binnen weniger Tage starb er dort, mit dem Wunsch, der Gouverneur möge für ihn beten, damit er zu dem Gott der Engländer in den Himmel komme; er vermachte seinen englischen Freunden seine Habseligkeiten als Andenken an seine Liebe – deren Verlust sie sehr schmerzte.«

Heute morgen gleitet das farbenfrohe Segel eines Katamarans präzise gesteuert am Rand der Bucht auf und ab, zwischen Round Cove und Wading Place, genau dort, wo die *Swan* vor Anker lag, als Gouverneur Bradford die achtundzwanzig Oxhoft Getreide und Bohnen im Tausch erhielt, die die Pilger über den Winter bringen würden. Und oben auf der Klippe, von der man die Bucht übersieht, bereitet ein Golfer in limonengrünen Hosen und einem pinkfarbenen Lacoste-Shirt mit Krokodil seinen Putt vor. Als der Golfplatz 1921 erbaut wurde, kam bei den Ausgrabungen für den Bunker 16 unter einem Dickicht aus Weinreben ein Indianerskelett zum Vorschein. Es war nicht in der üblichen Art der Indianer begraben worden, sondern wurde vielmehr in einem primitiven hölzernen Sarg gefunden: Squanto?

Aus dem Gestrüpp am Fuß der Klippe tauchen ein buschiger Schwanz und ein Hinterteil auf; ein Zerren und Ziehen, ein Zoll, zwei Zoll sind geschafft, das Rascheln von Blättern, das Knacken von Zweigen, ein mächtiger Ruck, und Amy erscheint. Sie schleift einen großen Ast hinter sich her, den sie gerade noch mit dem Maul fassen kann. Er ist doppelt so lang wie sie und mit einem Geflecht aus kleineren Zweigen und einem Gewirr toter Blätter versehen, die sich an einem Ende festklammern, das Ganze über und über behangen mit Büscheln trockenen Seegrases. Hier ist wahrhaftig etwas, für das sich die Mühe lohnt!

Sie scheint bei jedem Spaziergang an derselben Stelle innezuhalten und sich zu sagen: *Hey, einen Moment mal – sie denken immer noch, daß ich ein Retriever bin. Ich suche mir wohl besser etwas, was ich mit nach Hause nehmen kann.* Falls sie zufällig einmal am Anfang des Spaziergangs etwas Tolles entdeckt, auch gut, dann schnappt sie es sich und trägt es stolz den ganzen Weg mit sich herum. Sonnenanbeter oder Schwimmer, die den Fehler begehen, ihre Sandalen oder, noch schlimmer, ihre Socken, die sie ordentlich neben ihr Strandtuch gelegt haben, unbeaufsichtigt zurückzulassen, beschwören das Unheil förmlich herauf, vor allem, wenn sie gerade nicht hinsehen, während Amy vorbeispaziert, als könne sie kein Wässerchen trüben. Schon eine leere Bierdose ist fast so gut wie ein Brett, ein künstlerisch geformtes Stück Treibholz oder ein kleiner Scheit: alles Schätze. Ein wahrer Fund ist einer dieser Gummischlappen mit Riemen zwischen den Zehen (es spielt keine Rolle, ob es ein linker oder ein rechter ist). Die irrsinnigste und kostbarste Entdeckung überhaupt ist ein grober Arbeitshandschuh aus Gummi, den ein Jakobs- oder Venusmuschelsammler verloren hat, besonders, wenn alle Finger mit Sand gefüllt sind und abstehen, gefolgt von einem knappen zweiten Platz für jeden beliebigen Handschuh, von denen sie an sommerlichen Stränden eine erstaunliche Anzahl aufspürt. Mit Handschuhen und Socken hat es seine ganz eigene Bewandtnis. Finger an sich sind nicht das Problem; ebensowenig wie Zehen. Aber Finger in Handschuhen oder Zehen in Socken sind das Letzte, sie bringen einen zur Raserei, treiben einen in den Wahnsinn, und der störende Handschuh oder die Socke muß entfernt, heruntergerissen werden, um jene seltsamen versteckten menschlichen Anhängsel freizulegen.

Eines Tages schnüffelte Amy im Strandhafer herum und kam mit fest verschlossenem Maul und einem verdächtig unschuldigen Blick wieder heraus. Sie hat die Angewohnheit, auf allen erdenklichen, wenig bekömmlichen Dinge herumzukauen (und diese, wenn sie gut durchgeweicht sind, zu schlucken) – zusammengeknüllte Aluminiumfolie, die sie am Strand findet, Taschentücher, die sie aus Abfallkörben stibitzt, Papierservietten, die sie sich schnappt, wenn sie irgendwo unter den Eßtisch gefallen sind, Kiefernzapfen – lauter Dinge, die nicht gut für sie sind, so daß ziemlich häufig eine Inspektion der Fundstelle geboten ist. An jenem besagten Sommertag setzten wir uns neben sie und öffneten behutsam und langsam ihre Kiefer, während sie weiterhin so tat, als wäre absolut nichts in ihrem Schlund, und – ja, das kann ziemlich widerlich sein – steckten einen Finger hinein, bis hinunter in die Magengegend, um zu sehen, was sie versteckte. Heraus kam ein zusammengeknüllter Klumpen Papier, der sich wundersamerweise zu drei feuchten Dollarnoten auseinanderfalten ließ. Ein überschwengliches Lob von uns allen trieb sie zurück in den Strandhafer. Nach bemerkenswert kurzer Zeit kam sie mit etwas Neuem im Maul zurück, mit demselben Blick in den Augen. Eine erneute Inspektion, und der magische Geldautomat spuckte zwei weitere durchweichte Dollarnoten aus.

Borreliose übertragende Zecken hin oder her – wir stürmten den Strandhafer, um unser Glück zu versuchen, während Amy zusah und sich partout weigerte, uns zu helfen, da sie offensichtlich wußte, was dabei herauskommt, wenn vier Erwachsene eine halbe Stunde suchend auf allen vieren im Sand herumkriechen, nur um festzustellen, daß der Schatz in jenem speziellen Versteck nur aus fünf Dollarnoten besteht.

Wenn Amy bis zu einem bestimmten Punkt des Weges nichts Passendes gefunden hat, startet sie eine ernsthafte

Suche: Fieberhaftes Wühlen zwischen den Büschen, das Gewicht prüfen, Ast für Ast; doch sie ist nicht leicht zufriedenzustellen. Ein Ast ist zu mickrig für einen anständigen Retriever; ein anderer, der ungefähr die Größe eines kleinen Baumes hat, ist eine Spur zu groß, als daß man ihn von der Stelle bewegen könnte, obwohl sie sicherlich ihr Bestes gibt; keiner scheint ihr wirklich passend.

Da wir aufmerksame Rudelmitglieder sind, bieten wir ihr nun an, ihr zur Seite zu stehen und bei der Suche nach dem perfekten Ast zu helfen. Er sollte, sagen wir mal, etwa zwei Fuß lang, vollständig entrindet und fest und sauber sein, einfach der perfekte Stock zum Tragen. Richtig? Offensichtlich nicht.

»Amy«, sagen wir ganz aufgeregt, »das ist er!«, als wir ihn ihr vor die Schnauze legen – ein Stock, den jeder andere Hund mit Stolz tragen würde.

Amy wirft einen kurzen, unverhohlen verächtlichen Blick darauf, und als sie den Kopf wieder abwendet, können wir förmlich hören, wie sie vor sich hin murmelt, *Oh, diese wohlmeinenden Schwätzer!* Obschon ich schwören könnte, daß sie dann und wann vergißt, das »wohlmeinend« anzufügen, und sich mit einem einfachen »Schwätzer« begnügt – oder sogar mit einem deftigeren Kraftausdruck aus der Hundesprache. Wie alle Golden Retriever ist Amy anhänglich und umgänglich; aber anders als viele Vertreter ihrer Rasse hat sie Momente, in denen sie dumme Zeitgenossen nur schwer ertragen kann.

Wir verstehen offensichtlich nichts von der richtigen Auswahl von Stöcken. Immer fieberhafter stöbert sie in dem trockenen Gestrüpp herum, wo sich durch die winterlichen Stürme und die Erosion der Klippen ein ungeordneter Fundus von Zweigen, Ästen und Treibholz angesammelt hat; sie testet einen, dann den nächsten, verwirft

Stock für Stock, bis sie schließlich, wie auch jetzt, genau das findet, was sie sucht, oder zumindest eine annehmbare Version, die in etwa ihrem Ideal entspricht.

»Oh, Amy«, sagt mein Vater, als sie den Ast aus dem Gestrüpp herauszieht, »der ist *viel* zu groß. Laß ihn fallen!«

Sie läßt ihn fallen, packt ihn noch einmal besser und läuft mit hocherhobenem Schwanz den Strand entlang; dünne Büschel aus Seegras wehen im Wind um den Ast herum, und das belaubte Ende schleift raschelnd über den Sand – was sie nur noch mehr entzückt. Je geräuschvoller, desto besser. *Oh, ich ... liebe diese Art von Show!*

»Ihr armer Kiefer«, meint meine Mutter besorgt. »Sie kann das nicht tragen. Wieso tut sie das?«

»Er ist zu groß für sie«, beharrt auch mein Vater und rennt los, um sie einzuholen. »Ich werde ein Stück abbrechen, so daß sie ihn zumindest richtig packen kann.«

»An deiner Stelle würde ich das nicht tun«, rät meine Schwester, ein Rat, dem ich mich angeschlossen hätte, wenn ich nicht den Wunsch verspürt hätte, das blutige Spektakel mit anzusehen, das gleich folgen würde. Genau wie bei den armen Christen, die zusammen mit den Löwen in die Arena geworfen wurden, kann man seine Augen einfach nicht abwenden, auch wenn man noch so genau weiß, wie blutrünstig das Ganze werden wird.

In dem Augenblick, als mein Vater das Ende des Zweiges berührt – und er ist klug genug, ihn nicht in der Mitte anzufassen –, läßt Amy ihn fallen und macht einen Satz nach vorne, böse knurrend und zähnefletschend, mit gesträubten Nackenhaaren. Es ist ein klassischer Fall fehlgeschlagener Kommunikation zwischen den Arten: Mein Vater weiß genau, daß er ihr hilft; und Amy, die ihre Hundewerte auf uns überträgt, weiß, daß jemand, der auch nur einen Funken Hirn besitzt, niemals den Wunsch hätte, einen derart sorgsam ausgesuchten Stock zu stehlen.

»Schon gut, schon gut«, sagt mein Vater. »Man kann ihn ihr nicht wegnehmen. Es ist ihrer. Er ist eine Art Schatz.«

»Aber sie wird sich den Kiefer verletzen«, erwidert meine Mutter. »Du mußt ihn ihr wegnehmen.«

»Vergiß es«, rät meine Schwester weise.

So laufen wir weiter den Strand entlang, angeführt von einer stolzen Retriever-Majorette, die einen gewaltigen Ast trägt, exakt ausbalanciert, so daß der wippende Zweig während des Laufens erst mit der einen Seite über den Sand kratzt, dann, als sie nachfaßt, mit der anderen Seite. Sie könnte ihn gar nicht mehr fallen lassen, selbst wenn sie es wollte, was vermutlich nach einigen Schritten der Fall ist; denn mittlerweile ist es eine Frage des Stolzes. Sie hat den Überraschungsangriff abgewehrt, bei dem man ihr den Stock zu rauben versuchte, und nun gehört die Beute ihr.

Wir sind fast an unserem Wendepunkt, dem Pier des Yacht-Clubs in Chatham, angelangt. Die schwimmende Plattform am Ende des langen Landungsstegs hebt und senkt sich mit den Windwellen, die in die Bucht hineindrücken, und sie ächzt und stöhnt jedesmal, wenn sie gegen die beiden Metallpfosten scheuert, die sie an der richtigen Stelle halten. Die Flotille von Bettlecats vor dem Steg zerrt an ihren Muringleinen. Hier lagen vor hundert Jahren fünfundzwanzig oder dreißig große Katboote vor Anker und setzten jeden Morgen vor Sonnenaufgang die Segel, um durch die Hafeneinfahrt hinaus zum Pollock Rip oder den Stone-Horse-Sandbänken zu fahren und einen oder mehrere Tage lang Kabeljau zu fischen. Danach kehrten sie mit ihrem Fang heim in ihre Hütten, die einst die Küste säumten.

»Okay, Amy, wir kehren um«, sagt mein Vater, als wir den Pier erreichen.

Amy macht kehrt, um zurückzulaufen.

»Können wir nicht noch weitergehen?« wendet meine Schwester ein. »Das ist nicht weit genug für sie.«

»Nur bis zu den Felsen«, schlägt mein Vater als Kompromiß vor.

Amy macht abermals kehrt, um weiter den Strand hinunterzulaufen.

Es herrscht gerade Ebbe, der Wasserstand hat fast seinen Tiefpunkt erreicht, absolutes Niedrigwasser, alles abgeflossen, und das Wasser wird bald wieder steigen, aber noch ist der Strand ganz breit. Genau über der Ebbemarke, an der ich entlanglaufe, während unsere Rudelführerin vor uns im trockneren Sand dahinstolziert, sehe ich eine kleine Vertiefung im Boden, vielleicht von einem Fuß Durchmesser, die mit Wasser gefüllt ist, das zu blubbern scheint.

»Hey, schaut mal, ich wette, das ist eine Quelle«, rufe ich den anderen zu, wobei ich mich erinnere, etwas über die Quellen gelesen zu haben, die die Indianer rund um die Bucht genutzt haben.

»Das ist keine Quelle«, bemerkt meine Schwester verächtlich, während sie herbeiläuft, um zu gucken. »Eine Quelle befände sich nicht im Wasser. Diese Stelle wird unter Wasser sein, sobald die Flut kommt.«

»Richtig. Das ist das, was wir spüren, wenn wir beim Schwimmen auf kalte Stellen treffen. Quellen.«

»Ausgeschlossen.«

Ich schaufle den Sand aus der Mulde. Und als ich so grabe, schäumt das Wasser auf einmal richtig, brodelt hoch, eisiges, schmerzend kaltes Wasser, von dem einem fast die Finger absterben. Der Sand wird von dem sprudelnden Eiswasser emporgewirbelt, dann wird es klar.

»Fühl mal«, sage ich.

»Ja, es ist kalt«, räumt meine Schwester ein, die widerwillig und vorsichtig einen Finger hineinsteckt und ihn dann an ihren Shorts abtrocknet. »Doch das heißt noch lange nicht, daß es Süßwasser ist. Es könnte einfach nur das Buchtwasser sein, das in dein dämliches Loch eindringt.«

»Holen wir doch die Meinung eines unabhängigen Experten ein. Hey, Amy, schau mal.«

»Du wirst sie das doch wohl nicht trinken lassen. Sie wird krank werden.«

»Ich werde sie ja nicht zwingen, es zu trinken. Sie wird es schon selbst wissen.«

Amy bleibt stehen und dreht sich wie eine Hochseilartistin herum, von ihrem Stock bei der Drehung beflügelt. Sie läßt ihn fallen, leckt sich die Lefzen – zweifelsohne erleichtert, einen Vorwand zu haben, ihre Trophäe auszuspucken, und kommt neugierig angelaufen. Sie wirft einen Blick auf das Loch mit dem sprudelnden Wasser. Ich bewege meine Finger darin hin und her.

»Schau mal, Amy: Ist das ein feines Wässerchen?«

Sie guckt, nimmt einen vorsichtigen Schluck und trinkt dann gierig wie ein Student auf einer Party, auf der es Faßbier gibt.

»Ich bleibe bei meiner Meinung.«

»Es ist wohl tatsächlich eine Quelle«, gibt meine Schwester zu. »Woher wußtest du das?«

»Hier sollen überall welche sein.«

Ein Stück weiter strandabwärts, oberhalb der Flutmarke, schlängelt sich ein dünnes Rinnsal durch den Sand und bahnt sich einen Weg zu einem der meerwassergefüllten Becken. Wir verfolgen es bis zum Strandhafer am Fuß des Hügels zurück, wo ein winziges Bächlein über eine Schicht aus hartem Lehm fließt.

»Das? Das ist keine Quelle«, sagt Marjorie. »Schau doch mal, das kommt durch einen Abfluß des Clubhauses von oben herunter.«

Jetzt kann ich nicht mehr zurück. Ich stecke meinen Finger hinein.

»Eiskalt! Jawohl!«

Die »sprudelnden Quellen« der einstigen Cape-Bewohner. Und sie haben lange Zeit gesprudelt. Auf dem Hügel oberhalb dieser Quelle entdeckte man hinter einem Abhang eine der tiefsten Sedimentschichten aus versteinerten Muscheln, die in dieser Gegend je gefunden wurden; dort, wo sich einst ein indianisches Dorf befand.

An dieser Stelle kehren wir um und laufen den Strand zurück. Wie Robert Frosts »Wandrer« im »gelben Wald« heben wir uns den Spaziergang zum Wading Place und zum Round Pond hinüber für einen anderen Tag auf. Wir halten unsere Arme wie Segel ausgebreitet, um den Wind einzufangen, und kreuzen luvwärts, hinter dem Pier des Yacht-Clubs, rund um den High Point herum und dann landeinwärts den sandigen Pfad durch den Strandhafer entlang bis zu dem kleinen Tümpel.

Vor Jahren, als wir das erste Mal hierherkamen und alles hier noch Pechkiefernwald war, befanden sich in den höchsten Kiefern rund um den Teich gigantische Nester aus wirr zusammengefügten Zweigen – eine Kolonie von Grünreihern. Es müssen bestimmt vierzig oder fünfzig gewesen sein. Und wenn wir um den kleinen Weiher herumliefen, fingen Hunderte von Rotschulterstärlingen an, ohrenbetäubend zu zwitschern. Sie schossen aus ihren Nestern in den Rohrkolben, um sich dann erneut niederzulassen. Der Reiher ist für immer verschwunden, als die Erschließung begann, und lediglich ein paar Familien der Rotschulterstärlinge protestieren heute gegen unsere Ankunft.

Im Landesinneren, weit weg von der Bucht und vom Wind, ist die Luft ruhig, und in der Sonne duftet es köstlich nach den wilden rosafarbenen Rosen, die sich zwischen den Rohrkolben durchranken, und nach den Binsen, die den Teich einsäumen. Ob die Rosen Abkömmlinge verirrter Pflanzen sind, die sich vom alten Hotel her ausgebreitet haben? Ein matschiger Trampelpfad, nicht breiter als zwei Fuß, führt uns durch den Sumpf an einem Ufer des Tümpels entlang. Er ist zu beiden Seiten von Rohrkolben überwuchert, die sich über unsere Köpfe neigen, so daß die Luft feucht ist wie in einem Treibhaus, und als wir näher kommen, hören wir ein Gleiten und Platschen sowie gedämpfte Geräusche in der dichten Vegetation neben dem Weg. Schnappschildkröten? Ein Wiesel? Eine Schlange? Wir schaudern und gehen eilig weiter. Nicht einmal Amy verspürt den Wunsch, diesen bedrohlichen Geräuschen nachzugehen, und rennt, ihr Tempo verdoppelnd, geradewegs den Pfad hinunter, ohne dabei nach rechts oder links zu schauen.

Auf einem unserer Spaziergänge, die wir hier im vergangenen Sommer unternahmen, saß ein Amerikanischer Uhu unsichtbar auf einem toten Ast. Plötzlich stieß er herab, pfeilgerade auf uns zu, seine wilden gelben Augen funkelten und blickten prüfend, ob einer von uns – alle schreckensstarr – ein leckeres Abendessen abgäbe. Amy vergißt seither nie, sich ein bißchen näher bei uns zu halten, wenn wir auf unserem Spaziergang um den Tümpel an jenem Ast vorbeikommen.

Wir treten aus dem Schatten heraus und überqueren die Straße zu der sonnenüberfluteten Klippe, von der man über den Crows Pond sieht, jenen herrlichen, fast vollständig von Land eingeschlossenen Sund am Rande der Pleasant Bay. Vom höchsten Punkt des Felsens aus betrachten wir eine Weile lang die winzigen weißen Segelboote von Camp Avalon, dem Mädchen-Segellager, die auf und ab kreuzen. Auf der anderen Seite des Ponds dümpelt das Schnellboot des Camps. Eine Camperin auf Skiern tritt Wasser am Ende der Leine. »Gib Gas!« hören wir. Der Außenborder röhrt, die Leine wird ruckartig straff gezogen, und schon ist sie oben! Und gleitet auf Skiern übers Wasser! Und fällt! Das Boot wendet und fährt zu ihr zurück.

Vor dem Strand tauchen weitere Camperinnen in den Fluten und schwimmen zwischen den beiden Piers hindurch, ihr Gequietsche, Geschrei und Gelächter steigen über dem Wasser empor. In ihrem besten Hunde-Showstil tänzelt Amy am Strand entlang bis zu den Piers des Camps, wohlwissend, was sie dort erwartet: eine Schar von Mädchen, die sie mit ihrer ganzen Liebe überschütten, die eigentlich ihren zu Hause zurückgelassenen Haustieren gilt.

»Amy!«

»Amy!«

»Schau mal, da ist Amy!«

»Amy!«

»Hi, Amy!«

»Amy! Hierher! Hierher!«

»Guter Hund, gutes Hundchen!«

»Oh, sie ist so schön!«

»Schau dir diese Augen an!«

»Ich weiß! Schau! Du hast die größten, schönsten, braunsten Augen, das weißt du ja, oder?«

Sie weiß es, das können wir bestätigen, als die Mädchen um sie herumknien, sie umarmen und tätscheln – die Heldin des Augenblicks.

»Guck mal die kleinen Wimpern an!«

»Oh, sieh mal! Die sind ja süß! Schau nur! Sie sind golden!«

»O Amy, schau dir nur diese Wimpern an!«

»Jeepers, creepers, where'd you get those weepers?« singt eine Camperin und swingt dazu.

»Was ist das für eine Rasse?«

»Sie ist eine Golden-Retriever-Hündin, du Schaf«, antwortet eine andere. »Was glaubst du denn, was sie ist? Ein Schnauzer?«

»Meine große Schwester hat genau so einen Golden Retriever wie sie.«

Amy ist endlich zufrieden, daß sie die Mädchen so glücklich gemacht hat – und in Anbetracht ihres Entzückens scheint Amys Zufriedenheit auch gerechtfertigt –, und so laufen wir den Strand entlang bis hinter die Piers, wo der Sand steinig und später felsig wird. Wir spazieren unterhalb der Klippen, den Überresten des zurückweichenden Gletschers, der auch den gigantischen Eisbrocken hinterließ, der strandete wie ein ans Land verirrter Eisberg und schmolz, um diesen Gletschertopf zu formen. Und als wir um die Biegung hinter der schmalen Wasserstraße kommen, die aus der Bucht herausführt, hören wir zwischen den Kiefern auf dem Avalon Hill die krächzende Unterhaltung der Krähen, die auf den »Zapfenstreich« in wenigen Wochen warten, wenn dieser Wald wieder ihnen gehört; wenn die Camper fort sind, die Bretterhäuschen für den Winter verschlossen und die Rümpfe der Segelboote umgedreht auf der Wiese neben dem Clubhaus liegen.

Plötzlich wird Amys Stromern zwischen Uferstreifen und Strandhafer, Bucht und Gestrüpp zielgerichtet. Ihr Hunde-Radarsystem peilt etwas an, was vor ihr liegt. *Toter Sandhai! Toter Sandhai! Toter Sandhai!* muß es in ihrem Gehirn klingeln, als sie pfeilgerade auf eine verdächtige Erhebung in dem Filz aus Seetang unten am Wasser zurast, daran schnüffelt und dann in himmlischer Verzückung direkt hineinschlittert. Wieder hinauf, und dann eine weitere göttliche Schlitterpartie. So ist es gut, man muß es wirklich richtig gut hinter die Ohren bekommen, dahin, wo es noch tagelang stinkt.

»Amy, das ist ja widerlich!«

»O Amy, nein! Nein! Amy, nein!«

Sie schaut uns an, ganz benommen vor Glück, schüttelt sich und macht dann weiter, zufrieden mit ihrem neuen Duft.

»Oooh, pfui Teufel!«

»Sie stinkt!«

»Die Camperinnen würden jetzt nicht einmal mehr auf eine Meile Entfernung an sie herangehen.«

»Du mußt sie waschen!«

»Ich rühr' sie nicht an. Das ist einfach ekelerregend.«

»Komm, bring sie wenigstens dazu, ins Wasser zu gehen. Dabei müßte ein bißchen was abgehen.«

»Amy, hierher«, ruft mein Vater, wohlwissend, daß sonst niemand die wirkliche Drecksarbeit machen wird.

Mit spitzen Fingern schnallt er ihr blaues Halsband ab, das nach seit Wochen verwesendem Sandhai stinkt. Ich nehme ein Stück Treibholz und werfe es hinaus ins Meer.

Und schon stürzt sie sich in die Fluten, um es zu apportieren, während mein Vater das Halsband im Sand abreibt und dann im Salzwasser hin und her schwenkt, um es auszuspülen.

Amy schwimmt an Land, schüttelt sich, wälzt sich auf dem Rücken im Sand, hält einen köstlichen Augenblick lang inne, um sich von der Sonne den Bauch wärmen zu lassen, legt sich dann hin und fängt an, auf ihrem Stück Treibholz herumzukauen.

Ein vorsichtiger Vier-Personen-Schnüffeltest führt zu keinem »befriedigenden« Ergebnis, so daß das Treibholz aus ihrem Maul gezogen wird, und, schwupps, wieder ins Wasser fliegt, diesmal etwas weiter draußen, gefolgt von einem wohlriechenden Retriever, der es pflichtbewußt apportiert. Sie schüttelt sich, das Stück Holz noch im Maul, und läuft dann los, strandabwärts, Richtung Zuhause, als ob sie sagen wollte, *Schluß mit dem Unsinn; das ist ein ziemlich teures Parfüm. Und nun wird es ruiniert von all dem Salzwasser.*

Wir haben einer nach dem anderen unsere Windjacken ausgezogen und um die Taille gebunden. Hier, im Windschatten des Avalon Hill, ist nicht das kleinste Kräuseln auf dem Wasser zu sehen, allein das sanfte Heben und Senken der Tide; aber draußen, jenseits von Fox Hill Island, prallen die Fischerboote, die von der Ryders Cove kommen, gegen die Wogen, wenn sie hinter die Betonnung längs der Fahrrinne gelangen, und weiter draußen in der Bucht ist das Meer rauh und von Schaumkronen überzogen.

Hinter Fox Hill macht der Strand eine Biegung, und wir laufen erneut gegen den Wind. An dieser sämtlichen Winden ausgesetzten Landspitze standen einstmals die Salinen. Auf alten Photographien sehen die Windmühlen, die das Wasser, das in langen, seichten Holztrögen verdampfte, von der Bucht heraufpumpten, aus wie von Schülern der Mittelstufe aufgebaute wissenschaftliche Versuchsanordnungen, die ganz ohne die Hilfe der Eltern entstanden sind. Aber sie funktionierten. Während des Krieges von 1812, als die Kanonen aus Boston herbeigeschafft wurden, um diese Anlagen vor den Engländern zu schützen, besaß Chatham achtzig Salinen rund um die Bucht. Sie knarrten und klapperten und pumpten unablässig vor sich hin. Aber gegen Ende des neunzehnten Jahrhunderts brachte die Entdeckung der unterirdischen Salzvorkommen in Syracuse, New York, diesen Industriezweig zum Erliegen.

Angenehm müde trotten wir den Strand entlang in Richtung Heimat, schließen die Augen und atmen tief den »nahrhaften« Nordwestwind ein, der einst die Flügel der Windmühlen drehte. Wir fühlen uns wie Seefahrer, die nach einer langen Reise den Hafen erreichen, steigen den Sandweg zum Rasen hinauf und lassen uns auf die weißen Holzstühle fallen, die oben auf der Klippe stehen:

Heim kehrt der Seemann, heim von der See,
und der Jäger kommt zurück von der Jagd.

Eine Weile lang beobachten wir die Wolkenschatten, die über den Rasen huschen, das Katboot, das an seiner Muring zieht, und die Möwen, die in die Wasserstraße eintauchen und wieder emporfliegen. Amy sitzt unter den Kiefern und schaut auf die Bucht hinunter, die Augen erst halb geschlossen, dann ganz, dann wieder geöffnet, bis sie sich in den Schatten legt, vor sich hindöst und träumt und dem gleichmäßigen Seufzen des Windes in den Bäumen und dem fernen Tosen der Brandung an der offenen See lauscht.

Das war damals, Amy. Hörst du es jetzt, im Oktoberwind in den Schierlingstannen, draußen vor der Eingangstür? Im Eichenlaub, das über den Rasen geblasen wird?

Und alles, wonach ich verlange,
und alles, wonach ich verlange, ist ein windiger Tag,
an dem die weißen Wolken über den Himmel fliegen …

Ich wünschte, wir hätten Zeit gehabt, noch einige weitere Strände rund um die Bucht zu erforschen, Amy. Die gesamte Westküste, das hätte dir gefallen. Wir hätten das Auto unten an einem der städtischen Anlegeplätze stehenlassen und den Strand entlang bis hinter die Narrows laufen, zwischen der Landspitze und Sipson Island hindurch und in die Little Pleasant Bay hinüber. Hog Island liegt auch da hinten, mit Money Head an der Spitze, wo Captain Kidd angeblich einen Schatz vergraben hat. Ein paar Fischer haben dort 1946 ein Lager mit alten Münzen entdeckt. Wirklich. Das stand in der Zeitschrift ›National Geographic‹. Und um den Quanset Point und Namequoit herum, wo die Kiefern dicht gedrängt bis zum Strand hinunter stehen; und auf jenen salzwassergetränkten Wiesen im Landesinnern, Richtung Meeting House Pond, da hätte es dir auch gefallen.

Der Scatteree Beach war aber auch gut, nicht? Beim Minister Point konnten wir die Fischdampfer beobachten, die in der Spätnachmittagssonne zurück in den Hafen tuckerten, umgeben von Schwärmen von Möwen, die unaufhörlich kreischten. Erinnerst du dich? Und dann war da noch der Strand beim Leuchtturm, wo die Ozeanwellen durch die Meerenge hereinkommen und direkt ans Ufer schlagen und wo man die kühle Brise vom offenen Meer spüren konnte.

Es gab eine Menge großartiger Spaziergänge, nicht wahr? Die entlang des Harding Beach an jenen dunstigen Tagen, an denen der Südwestwind den Sund aufwühlte und die Strandläufer wie Aufziehspielzeug vor uns hertrippelten, dort, wo die Wellen übereinanderschlugen. Oder am Strand von Morris Island, wo der Sand so weiß war und die Bucht von einem durchscheinenden Grün wie Meersalat. In weiter Ferne konnte man den Sandstrand von Monomoy schimmern sehen, dem Cape Mallebarre der frühen Eroberer. Und durch den Wald des Watchung-Reservats gleich hier, vergiß das nicht, dorthin wären wir heute morgen gegangen, hätten über die hölzerne Fußgängerbrücke den kleinen Bach überquert und wären auf der anderen Seite die Schlucht hinaufgelaufen, durch den dunklen Wald aus hohen Kiefern und Eichen: Das war wirklich ein gutes Gelände für Wölfe, nicht?

Aber unsere besten Spaziergänge waren immer die in der unmittelbaren Umgebung des Hauses, wo die Grenze gleich vor unserer Haustür lag.

Balgereien

Erinnerst du dich noch an die Sommerunwetter? Wir spürten immer schon, daß sie sich zusammenbrauten, wenn der Wind auf unseren Morgenspaziergängen die Blätter der Pappeln an der Küste hochblies.

Erinnerst du dich daran, wie wir dann den ganzen Tag über das Gefühl hatten, es werde ein Sturm aufkommen? Und wie die Warnflagge für kleine Boote am Leuchtturm flatterte?

Inzwischen ist es düster geworden. Der Himmel und die Bucht sind grau wie ein Timberwolf. Ganze Meuten von Wellen mit bleifarbenen Schaumkronen-Fängen jagen in großen Sprüngen die Wasserstraße herunter, schnappen und beißen nach der Dogfish-Sandbank und versuchen, unser Katboot von seiner Muring loszureißen. Mit diesen Wellen ist nicht zu spaßen. Wir sind schon einmal in ihre Klauen geraten und wissen, daß sie mordlustig sind. Als ich von meinem Buch aufsehe und aus dem Panoramafenster des Wintergartens blicke, muß ich an den Leiter des Segelcamps unten in der Bucht denken, der vierzig Jahre lang in diesen Wassern herumgesegelt war; er war mit seiner *Sailfish* draußen, als sich genau solche Wellen auftürmten. Einige Tage später fand man seine Leiche hinter einer der Inseln. Nein, da ist es schon besser, gemütlich im Haus zu sitzen, während der Nordost heulend von der See hereinfegt.

An der Mauer draußen sendet das Lämpchen des Windrichtungsanzeigers zornige orange Blitze, und der Funke saust zwischen Nord, Nordost, Nord, Nordost, Ost und wieder Nordost hin und her. Jetzt springt der Regen gegen das Panoramafenster, macht einen Satz aufs Dach und läuft knurrend die Dachrinne entlang.

»Geht mal jemand mit Amy raus?« ruft meine Mutter aus der Küche. »Sie war seit heute morgen nicht mehr draußen.«

Mein Vater sitzt oben im kleinen Zimmer und sieht sich ein Spiel im Fernsehen an. Ich schaue zu Marjorie hinüber, die sich auf dem kleinen Zweisitzer zusammengerollt hat und schläft. Amy liegt genüßlich ausgestreckt auf dem Teppich, döst vor sich hin und lauscht dem Sturm.

Ich weiß, daß ich an der Reihe bin, aber man kann es ja mal versuchen.

»Deine Mutter möchte, daß jemand mit dem Hund rausgeht«, sage ich zu Marjorie.

»Du bist dran«, murmelt sie wie aus weiter Ferne, ohne die Augen zu öffnen.

Sie hat recht, daher insistiere ich nicht weiter.

»Okay, Amy, dann zieh'n eben wir beide los«, sage ich, lege widerstrebend meinen Krimi zur Seite und erhebe mich von dem ausgesprochen bequemen viktorianischen Schaukelstuhl, dem, der früher in der Wohnung meiner Großmutter stand, dem gepolsterten mit den großen Sprungfedern und den hölzernen Kufen. Beim bloßen Gedanken daran, in das Unwetter hinauszugehen, kann ich schon die Klauen des Regens fühlen, die sich von hinten in meinen Nacken krallen. »Wir werden diesem Sturm trotzen und hinausgehen und unser Geschäft verrichten, nicht wahr, Amy?«

Amy rührt sich nicht. Sie ist in eine gute Schule gegangen und schließt daher die Augen, genau wie Marjorie, und tut, als schliefe sie tief und fest.

»Los, Amy, wir gehen!« sage ich in dem Bemühen, dem Ganzen einen Anstrich von Abenteuer zu verleihen.

Für einen Hund, der das Wasser liebt und der sich stets und zu jeder Jahreszeit ins Meer stürzt, um dort herumzuplanschen, ist Amy erstaunlich zimperlich, wenn zu befürchten steht, daß ein Regentropfen ihren Kopf treffen könnte. Allein der Gedanke daran, bei einem Nordoststurm das Haus zu verlassen, ist eindeutig indiskutabel. Sie hat sich für die Dauer des Unwetters eingekuschelt.

»Was ist denn mit dir los? Bist du eine dicke alte Hauskatze, die Angst davor hat, naß zu werden?« frage ich höchst amüsiert. »Eine dicke alte Bauernmiezekatze aus Maine?«

Ein billiger Trick, aber er erregt ihre Aufmerksamkeit. Ohne allzu große Begeisterung erhebt sie sich, so daß sie gerade durch das Panoramafenster schauen kann, um nachzusehen, ob dort wirklich – und daran hat sie ernsthafte Zweifel – eine Katze herumläuft, die so dumm ist, sich bei dem strömenden Regen draußen herumzutreiben.

Bringen wir's hinter uns, koste es, was es wolle, denke ich mir im stillen, bestrebt, hinauszugehen, wiederzukommen, mich abzutrocknen und zu meinem Krimi zurückzukehren. Vielleicht ist es Zeit für die Uralt-Story von der schrecklichen Katze.

Ich renne zum Fenster und blicke in das Unwetter hinaus.

»Es *ist* eine *Katze*!« rufe ich Amy besorgt zu. »*Eine riesengroße Katze*!«

Gerade noch wohlig schlummernd, ist sie von einer Sekunde auf die andere in höchster Alarmbereitschaft und springt auf, um ans Fenster zu laufen und zu gucken. *Wo denn? Wo denn?*

Die Geschichte von der schrecklichen Katze hat allmählich einen ziemlich langen Bart, aber oft genug ist tatsächlich eine verdächtig aussehende Katze draußen, die auf dem Rasen herumschleicht und sich an eine Wachtel anpirscht. Daher ist es wichtig für uns, jedem Alarmzeichen nachzugehen. Wir rennen vom Wintergarten durchs Wohnzimmer und legen noch an Tempo zu, als wir durch die Küche kommen, in der Amys Krallen über den Boden rutschen. In dem überdachten Durchgang zwischen Haus und Garage schnappe ich mir einen Schirm, und schon sind wir auf der Terrasse draußen: Amy ist jetzt in Habachtstellung – sie hält nach allen Seiten Ausschau, ob sie inmitten dieser sintflutartigen Regenfälle des bösen, triefnassen Eindringlings in Katzengestalt ansichtig wird.

»Da! Da drüben habe ich sie gesehen!« sage ich und zeige mit meinem Schirm, den ich gegen den Wind aufgespannt halte, der den Regen direkt landeinwärts zum Haus herbläst, zur Klippe.

Das Heulen des Windes, der durch die Kiefern auf der Klippe peitscht, das Tosen der Wellen, die die Wasserstraße hinunterjagen, und das Trommeln des Regens, der gegen die Hauswand schlägt, vermengen sich zu einem bedrohlichen Brausen.

»Beeil dich«, dränge ich Amy, »los, beeil dich!«

Amy ahnt, daß sie womöglich hereingelegt worden ist, und da sie ihr Gesicht nicht verlieren will, trabt sie hinaus zum höchsten Punkt der Klippe und blickt der Form halber einmal nach allen Seiten, ob irgend etwas nicht stimmt. Als sie nichts findet und merkt, daß ich sie aufmerksam beobachte, führt sie wenigstens das Theaterstück: »Ich tue ja, was man von mir erwartet« auf (ein Stück, das sie ganz sicher gelegentlich aufführt, um diejenigen, die geradezu zwanghaft um ihre Körperfunktionen besorgt sind, loszuwerden). Dann rast sie mit Volldampf in den Schutz des

Hauses zurück, während ihre Ohren wie Windsäcke nach hinten fliegen.

Ich schließe die Tür hinter uns, um den Sturm auszusperren.

In dem überdachten Durchgang schüttelt Amy sich ausgiebig von Kopf bis Schwanz, so daß das Regenwasser in alle Richtungen spritzt. Und damit hat es sich dann. Sie läuft zurück in den Wintergarten, der nun nur noch vom Schein der Tischlampe neben meinem Schaukelstuhl erhellt wird, und setzt ihr Nickerchen fort, das so unsanft unterbrochen wurde.

»Hast du sie mit einem Handtuch abgetrocknet«, ruft meine Mutter aus der Küche, einige Minuten nachdem ich es mir im Schaukelstuhl bequem gemacht habe und wieder in meinen Nantucket-Mord-Krimi eingetaucht bin.

»Was?«

»Ob du den Hund mit einem Handtuch abgetrocknet hast?«

»Verflucht«, murmele ich.

»Sieh zu, daß ihr Brustkorb trocken ist«, mahnt mich meine Mutter, als ich in die hintere Diele laufe, um unten aus dem Wandschrank das alte orangefarbene Badehandtuch zu holen. »Der Brustkasten ist die wichtigste Partie, er muß wirklich knochentrocken sein.«

Nun ja, seit der Zeit, als der Mensch sich den Hund ins Haus geholt hat, war immer zu einem großen Teil gegenseitiges Geben und Nehmen im Spiel, damit diese Beziehung zwischen den verschiedenen Spezies funktionieren konnte. Bisweilen kann dieses Verhältnis zueinander so nah sein, daß wir glauben, daß Hunde uns sehr stark ähneln, ja daß wir tatsächlich verwandt, Eltern oder Kinder, Brüder oder Schwestern sind. Studien haben ergeben, daß Hunde uns besser beobachten und kennen als wir sie.

Möglicherweise finden Hunde, daß wir ihnen immer ähnlicher werden, und vielleicht stimmt das ja. Sie nehmen uns in ihr Rudel auf, so wie wir sie in unsere Familie aufnehmen. Und doch wird es immer Punkte geben, in denen wir Hunde schlicht nicht begreifen können, etwa, warum es so köstlich und berauschend ist, in ein totes und stinkendes Etwas hineinzuschlittern und es sich direkt hinter die Ohren zu schmieren; so wie es vermutlich vieles gibt, was Hunde an uns nicht begreifen können, zum Beispiel die Tatsache, daß wir endlose Stunden müßig vor einem schwarzen Kasten mit flimmernden Bildern sitzen.

Mit wenigen Ausnahmen akzeptiert Amy bereitwillig das, was sie vielleicht nicht ganz versteht. Und zu diesen Ausnahmen gehört es, trockengerieben zu werden. Daß man als Rudelführerin hinter den Ohren abgetrocknet und einem der Bauch abgerubbelt wird, nachdem man draußen im Regen war, ist für sie völlig unbegreiflich und übertrieben. Selbstverständlich ist es völlig unzumutbar.

Mit dem orangefarbenen Handtuch in den Wintergarten zu kommen ist in etwa so, als tänzele man während des Auftaktes zum Stierkampf in einem roten Umhang durch die Straßen von Pamplona, durch die die Stiere zur Arena getrieben werden. Sobald Amy es herannahen sieht, geht sie darauf los, packt eine Ecke und schüttelt ihre Beute, ohne sie freizugeben, wie ein Rebhuhn.

Sie hat ihr Ende und ich habe meines, mit dem ich mich rasch ans Werk mache.

»Oh, schön sauber und trocken, wir werden dich so schön sauber und trocken bekommen«, wiederhole ich in einer Art Singsang, während ich sie hinter beiden Ohren und rund um die Kehle abtrockne. »Oooh, was für ein schönes, wunderschönes, herrliches, phantastisches goldenes Fell, so weich und seidig, goldblond, honigfarben, ein wunderbares honigfarbenes Fell, mmmmm, so weich und seidig.«

Sie nickt bedächtig als Zeichen ihrer Zustimmung und erliegt für einen Moment diesem besänftigenden Schönheitssalon-Wiegenlied, so daß ihr beinahe das Ende des Handtuchs aus dem Maul gleitet.

Sie fängt sich jedoch gerade noch, genau in dem Moment, als es wirklich herausrutscht, und schnappt es sich wieder.

»Amy wird jetzt abgetrocknet«, erkläre ich ihr geduldig, während ich ihr den Kiefer auseinanderbiege und das klebrig-feuchte Ende des Handtuchs herausziehe, was lediglich dazu führt, daß sie sich auf einen anderen Zipfel stürzt.

Sie schaut zu mir hoch, um zu sehen, wie ich reagiere.

»Nun mal langsam«, protestiere ich empört, »nicht so schnell! In einem Schönheitssalon würden sie sich das nicht bieten lassen.«

Während sie die ganze Zeit über an dem einen Ende des Handtuchs zerrt und darauf lauert, noch mehr davon zu ergattern, sobald ich lockerlasse, arbeite ich mit den paar Quadratzentimetern Handtuch, die sie mir übrigläßt. Ich trockne sie um die Ohren herum ab, unter dem Kinn, weiter unten an der Brust, am Rücken, am Schwanz, an den Beinen und drehe sie schließlich auf den Rücken, um an ihren Bauch heranzukommen. Sie wischt mit dem Schwanz über den Boden, ihre schwarzen Lefzen zu einem Lächeln zurückgezogen, und schnappt sich ein weiteres Stück Handtuch, das sie zwischen den Zähnen hält und mit ihren Pfoten bearbeitet.

»Das ist wirklich albern, Amy. Wie kommt ein Hund bloß auf so eine Idee? Was will so ein Hund denn? Was denkt ein Hund überhaupt?« frage ich Amy verständnislos, als sie sich auf den Bauch zurückrollt, dabei an ihrem Ende des Handtuchs zieht und mich herausfordernd anstarrt.

»Was macht sie denn da?« will Marjorie wissen, die nun, da die ganze Drecksarbeit getan ist und vielleicht der vergnügliche Teil beginnt, hellwach ist.

»Ich denke, sie trotzt einfach. Mir gegenüber zumindest«, bemerke ich, während ich an meinem Ende des Handtuchs ziehe, um ein Stück zurückzuerobern. »Das riecht nach Trotz. Müssen wir uns das bieten lassen?«

»Nein, müssen wir nicht«, stellt Marjorie energisch fest und begibt sich von ihrem kleinen Sofa auf den Teppich hinunter, auf den Schauplatz der bevorstehenden Schlacht. »Gib mir das Ende da.«

Und das Spiel beginnt.

»Ist sie trocken?« ruft meine Mutter herein, die sich des ungeheuren Ausmaßes der von ihr gestellten Aufgabe nicht wirklich bewußt ist. Für sie ist Amy immer ein kleines Mädchen, das man mit Schleifen und Rüschen zum Nachmittagstee herausputzen kann, ein niedliches kleines Gör, zum Anbeißen süß, einfach entzückend.

»Mhm. So trocken, wie's eben geht«, antworte ich.

»Hast du die Brust trocken bekommen? Die Brust ist am wichtigsten.«

»Sie ist so trocken, wie es eben geht.«

Ich verschweige, daß die Kundin unseres Schönheitssalons gerade in ein stürmisches Tauziehen verstrickt ist, bei dem Marjorie am anderen Ende des Handtuchs Position bezogen hat.

Das Spiel wird bereits ziemlich heftig.

»Amy, du bist eine Bestie, und das weißt du auch«, stellt Marjorie fest.

Allen Golden Retrievern gefällt die Phantasie, daß sie wilde Tiere sind, und Amy zerrt nun mit doppelter Kraft.

»Komm, eine Hand reicht«, sage ich zu meiner Schwester. »Gib ihr eine Chance.«

»Ihr eine Chance geben? Ihr eine Chance geben?« faucht sie mich an, während sie sich an das Handtuch klammert, als ginge es um Leben und Tod. »Das ist kein Retriever, den du da mit zurückgebracht hast, das ist eine Art Wolfshund, der frei im Haus herumläuft.«

Und unbestreitbar ist in Amys liebreizenden und herrlich braunen Augen das furchterregende, stählerne Funkeln zu sehen, das auch im Blick des bösen Wolfes gelegen haben mag, in dem Moment, als Rotkäppchen schlagartig klar wurde, daß da unter der Decke nicht seine Großmutter lag.

»Eine Hand, nur eine Hand, das sind die Regeln«, mahne ich sie noch einmal. »Sie hat schließlich nur ein Maul.«

»Schon gut, schon gut«, murrt meine Schwester und läßt mit einer Hand los, worauf sie sofort mehrere Zentimeter Handtuch verliert, da Amy die Gelegenheit nutzt und den durchhängenden Teil an sich reißt.

»Ich hab's dir doch gesagt! Sie hält sich nicht an die Spielregeln.«

»Sie hält sich sehr wohl an die Spielregeln, und sie wird dich schlagen, wenn du nicht achtgibst.«

Nun wird das Spiel ernst, und ein Zuschauer hätte in diesem dunklen Zimmer, vor dem der Wind klagend durch die Traufe fährt, seine liebe Not zu entscheiden, auf welchen Kandidaten er setzen soll: auf die Wellesley-Absolventin, die der Länge nach auf dem Boden liegt und einen Zipfel des Handtuchs umklammert, an dem sie nach Leibeskräften zieht, oder auf die gerissene Retriever-Hündin, die das andere Ende des Handtuchs zwischen den gefletschten Zähnen hält – mit zunehmend dämonischem Blick und einem leisen, kehligen Knurren zur Warnung – und die die Gegnerin nicht aus den Augen läßt, auf den Bruchteil einer Sekunde wartet, da die andere schwach wird, einen Moment der Erschöpfung, eine Stellungsänderung.

Da!

Blitzschnell gibt Amy das Handtuch frei und packt es ein Stück weiter in der Mitte, wobei ein bedrohliches Knurren in ihrer Kehle aufsteigt und jedem zu verstehen gibt, daß er es bloß nicht wagen soll, sie des Schummelns zu bezichtigen; und ist da nicht ein gewisser Triumph in ihrem Blick zu lesen?

»Siehst du! Ich hab's dir gesagt! Das ist Betrug!« erklärt meine Schwester.

Na und? scheint Amy zu antworten, als sie ihren taktischen Schachzug wiederholt und einen neuen Vorstoß wagt, um meiner Schwester weitere Zentimeter unter den Fingern wegzureißen.

Marjorie läßt das Handtuch los, als habe sie eine in einer staubigen Schrankecke kauernde Maus berührt, und bringt sich mit einem Sprung in Sicherheit.

»In Gottes Namen, Amy, du hast gewonnen. Okay? Ich gebe auf. Du hast gewonnen. Du kannst dein dummes Handtuch haben. Es gehört dir.«

Amy wußte bereits, daß sie die Siegerin ist, auch ohne diese gnädige Abtretungserklärung abzuwarten. Sie schnappt sich die freigegebene Ecke des Handtuchs, legt sich auf den Rest und beginnt, es systematisch zu zerreißen, wobei sie die Fetzen grimmig schüttelt.

Das Spiel ist aus, oder? Amy ist die rechtmäßige Siegerin, das will auch keiner bestreiten. Doch wehe dem, der versucht, ihr das Handtuch wieder zu nehmen. Das ist der wirklich harte Teil des Spiels.

Sich selbst überlassen, wird Amy theatralisch Faser für Faser dieses verhaßten Handtuchs zerfetzen, auf jedem Streifen herumkauen, bis er schön durchgeweicht ist, und ihn dann herunterschlucken – was weder dem Handtuch noch einem Golden Retriever besonders bekommt. Unsere beinahe unmögliche Aufgabe ist es nun, ihr das Handtuch wegzunehmen und es zum Trocknen aufzuhängen – für den nächsten Regentag.

»Komm, nimm das Handtuch«, fordere ich meine Schwester forsch-fröhlich auf, als sei es die einfachste Sache der Welt.

»Bist du wahnsinnig? Ich rühr' es nicht an«, erwidert sie von ihrer sicheren Position auf dem Zweisitzer aus, wo sie auf ihren nackten Fersen hockt.

»Nimm du's doch.«

Amy wartet nur auf eine solche Situation und blickt jeden, der es wagt, näher als eineinhalb Meter an sie heranzukommen, herausfordernd an. Einen Zentimeter näher, und sie läßt das Handtuch los und kauert sich schützend darüber, um einen noch drohenderen Blick bemüht; ein weiteres Stück, und sie knurrt warnend, runzelt die Stirn, fletscht grimmig ihre Retrieverzähne, die Nackenhaare sträuben sich wie von Zauberhand, und falls irgend jemand verrückt genug ist, auch nur einen Finger auf eine herrenlose Ecke des Handtuchs zu legen: Attacke! Das furchterregendste, wildeste Knurren, das einem das Blut in den Adern erstarren läßt, ist zu hören – und sie stürzt sich mit einem Satz auf jene unverschämten Finger, als wolle sie sie mit Stumpf und Stiel ausreißen.

Im Endeffekt berührt Amy nie menschliches Fleisch, vielleicht weil sie es nicht wirklich beabsichtigt und uns lediglich dazu erziehen will, fair zu sein. Oder vielleicht macht es ihr einfach nur Spaß, uns zu drangsalieren (sie scheint stets leise in sich hineinzulachen, sobald sie knurrt, und wie der großmütige Sieger eines hitzigen Tennis-Matches trottet sie herüber, um dem Verlierer die Hand zu schütteln). Vielleicht vermutet sie auch, daß sich die menschlichen Finger, die an ihrem Handtuch nichts zu suchen haben, unter diesen gefährlichen Umständen ziemlich rasch zurückziehen. Aber ihre Reaktion ist immer dieselbe. Und wenn man es recht bedenkt, ist sie durchaus plausibel: Sie ist die rechtmäßige Siegerin des Spiels. Die Trophäe gehört ihr. Das ist Retriever-Spielregel. Und wer könnte dem widersprechen?

Doch es stellt sich nach wie vor die Frage, wie man das Handtuch zurückerobern kann, solange es noch als solches erkennbar ist und nicht bloß mehr aus seinen einzelnen Fäden besteht. Wie Mister Darling in ›Peter Pan‹ es von Nana gelernt hat, bringen einen alle frommen Worte der Welt nicht weiter. Spiel ist einfach Spiel. Dem Sieger gebührt die Beute.

Es wird Zeit, unseren Trumpf auszuspielen: Käse.

Gleich dem alten Ben Gunn, der von der Außenwelt abgeschnitten auf der Schatzinsel sitzt, träumt Amy von Käse – lange, süße, köstlich wiederkehrende Träume von Käse. Für einen guten Happen Käse würde sie alles tun.

Wir wissen, daß das funktioniert.

»Möchtest du ein kleines Stück Käse?« fragen wir, während sie uns scharf beobachtet und auf unsere nächste Bewegung wartet.

Sie schaut uns mißtrauisch an, denkt über unser Angebot nach, hält das Handtuch dabei aber immer noch fest zwischen den Zähnen eingeklemmt, nicht bereit, sich durch den alten Trick mit dem Trojanischen Pferd täuschen zu lassen.

»Nein, wirklich. Ein bißchen *Käse*?«

Es hilft immer, wenn wir genau beschreiben, von welcher Käsesorte die Rede ist.

»Wir hätten da ein wenig von diesem neuen scharfen *Cheddar*. Jawohl, dem kräftigen. Aus Vermont. Ein ziemlich leckerer *Käse*.«

Das Handtuch liegt auf dem Boden, längst vergessen, das allerletzte, woran sie jetzt noch denken würde. Wer will schon ein trockenes, fad schmeckendes Handtuch, wenn es Käse gibt?

Sie ist aufgestanden und treibt uns Richtung Küche, ganz dicht an unseren Beinen, schneller, schneller ... *Ich muß etwas von diesem Käse bekommen.*

Sie springt in die helle, freundliche Küche, liebenswürdig und unschuldig; die Wolfsmaske ist verschwunden. Sie läuft geradewegs zum Kühlschrank, in dem die sagenhaften geheimen Käsevorräte lagern. Und schon kommt aus der Innenseite der Kühlschranktür ein dickes Stück goldgelber Käse heraus – und wird auf die Anrichte gelegt. Zwei braune Augen, wie die Ben Gunns, sehen in lustvoller Erwartung zu, wie das Stück Käse auf ein Brotbrett gelegt, das Frischhaltepapier geöffnet, ein Küchenmesser aus einer Schublade geholt, ein ansehnliches Stück heruntergeschnitten und, wie ein von Piraten erbeuteter Goldbarren, gedrittelt wird.

»Was soll das denn?« fragt meine Mutter.

»Wir mußten ihr Käse versprechen, um das Handtuch wiederzubekommen«, erklärt meine Schwester.

»Also, das ist ja wohl ein Witz«, antwortet meine Mutter. »Von mir läßt sie sich immer abtrocknen, nicht wahr, Amy? Amy, sie haben sich von dir ins Bockshorn jagen lassen, seh' ich das richtig?«

Ein leckerer Brocken kräftigen Vermont-Cheddars rutscht, schwupps, den Schlund hinunter. Und dazu noch je eine ordentliche Hälfte der anderen beiden Stücke, von den Verlierern des Tauziehens.

Auf dem Herd stehen brodelnde und simmernde Töpfe. Der Duft von gebratenem Hühnchen weckt Amys Interesse. Sie schaut erwartungsvoll zu meiner Mutter hoch, so als wolle sie fragen: *Kann ich dir irgendwie in der Küche helfen? Ist es schon fertig? Kann ich jetzt ein Stück haben?* Amy kennt die Antworten auf diese Küchen-Fragen in- und auswendig, aber ihre Philosophie lautet, daß es nie schaden kann zu fragen. Und sie weiß auch, daß die einzige Chance, sich die gewünschte Menge Hühnchen zu sichern, darin besteht, zur Essenszeit ihren Kopf in unseren Schoß zu legen und ihre Nase in den Bauch der so leicht zu beherrschenden Rudelmitglieder zu bohren – Jagen und Rupfen sind gar nicht vonnöten.

Unser Werk ist getan. Wir sind am Abend alle im Haus, haben es gemütlich und warm. Das orangefarbene Handtuch ist außer Sichtweite in der Waschmaschine verschwunden. Alle sind glücklich und zufrieden, und wir drei begeben uns geschlossen zurück in den Wintergarten, um wieder zu dösen, zu schlafen und zu lesen, während draußen der Wind den strömenden Regen gegen die Hauswand peitscht, als wolle das Unwetter die ganze Nacht über wüten.

Baywatch

Ein Sommernachmittag. Das alte Katboot schlummert an seiner Muring. Über den Inseln zieht eine kleine weiße Wolke Richtung Ostküste, wo der heiße Dunst über den Dünen flimmert.

»Los, laßt uns schwimmen gehen«, schlägt jemand vor.

»Jetzt?« kommt die zweifelnde Antwort.

»Ist die Tide günstig?« fragt ein anderer.

»Perfekt. Das Wasser steigt gerade. Die Flut ist schon halb da. Mehr als zur Hälfte. Los, kommt!«

Wir schlüpfen in unsere Badesachen, die von den vergangenen Sommern schon ausgeblichen sind, angeln uns Strandtücher und laufen im Gänsemarsch hinter Amy her, über den Sandweg die Klippe hinunter, vorbei an den zerzausten Heckenrosen und den Wachsmyrtensträuchern, die in der brütenden Sonne ihren Duft verströmen, bis zum Strand.

Ja! Endlich passiert hier mal was, denkt Amy zweifellos, entzückt, uns in ein neues Abenteuer zu führen.

Die Erfahrung hat uns gelehrt, daß ein unbeaufsichtigtes Strandtuch für Amy Freiwild ist; sie schnappt es sich und rast damit den Strand entlang. Falls das nicht unverzüglich eine stürmische Verfolgungsjagd nach sich zieht, legt sie sich so hin, daß ein Großteil des Handtuchs sicher unter ihr eingeklemmt ist, und macht sich daran, es systematisch in Streifen zu reißen – und wehe dem, der versucht, es zu retten. Daher lassen wir unsere Handtücher ins Ruderboot fallen, das wir in den Strandhafer hochgezogen haben, schlüpfen aus unseren Segeltuchschuhen und Sandalen und verstauen sie sicher unter dem Sitz (während Amy sich vorsorglich scharf einprägt, wo wir sie hingelegt haben, für den Fall, daß ihr langweilig wird); dann hüpfen wir über den glühenden Sand, auf den Teppich aus kräuseligem Seegras bis zum Rand des Wassers.

Es ist eine ruhige Tageszeit, eine zeitlose Tageszeit, ein Nachmittag mitten im Sommer und mitten unter der Woche. Die Bucht liegt friedlich da, nur eine leise Bewegung zeichnet sich an der Oberfläche ab, als die Flut das Wasser durch die Wasserstraße zwischen dem Strand und Strong Island drückt. Die Watvögel sind fort und warten irgendwo darauf, daß das Meer sich zurückzieht, so daß sie wieder im Watt auf Nahrungssuche gehen können. Vor Minister Point schaukeln und wipppen die Boote an ihrer Muring und warten auf ihre Wochenendkapitäne.

Die wärmende Sonne im Rücken und die Füße im kühlen, klaren Wasser, beobachten wir für eine Weile gebannt, wie die Flut durch die Wasserstraße hereindringt und die weiße Wolke Richtung Ozean treibt.

Schließlich gehen wir hinein.

»Nur Mut, Kameraden«, sagt ganz bestimmt einer von uns, meinen Großvater zitierend, mit dem wir vor Jahren hier schwimmen waren – mehr als fünfunddreißig Jahre ist das inzwischen her –, es war in dem Sommer, bevor er seinen Alterssitz hier auf der Klippe erbaute.

»Ist es kalt?« fragen wir unsere Anführerin.

Meine Mutter, die bereits bis zu den Knien hineingewatet ist, schüttelt den Kopf. »Es ist brühwarm.«

Und die ersten Schritte durchs Flache, wo Schwärme von Ährenfischen vor unseren Schatten davonschießen, sind so wundervoll warm wie das Fruchtwasser im Mutterleib, wo das Leben einst begann.

An einem heißen Sommertag wie diesem fühlt sich die Bucht niemals kalt an, wenn wir erst einmal eingetaucht und ein paar Züge geschwommen sind. Und doch scheint die Wassertemperatur eindeutig von »traumhaft warm« zu »kühler« zu wechseln, während wir hineinwaten und dann Schritt für Schritt weiter hinausgehen, ganz vorsichtig, bis das Wasser knapp übers Knie reicht.

»Es ist eiskalt!« schreien entweder mein Vater oder ich, und wir weichen erschrocken einen Schritt zurück. Es fühlt sich an, als würden wir genau auf der Stelle stehen, an der eine jener am Meeresgrund liegenden Quellen heraussprudelt.

»Nun stellt euch doch nicht so an«, antwortet meine Mutter nicht besonders überzeugend, während sie zaghaft mit den Händen im Wasser herumplanscht und lediglich mit ein paar Tropfen ihr Gesicht benetzt. »Man muß sich nur daran gewöhnen.«

Sich daran gewöhnen? Wasser, das gegen den Bauch schwappt, scheint eine besonders grausame Form der Folter zu sein.

Als ein von der Flut angeschwemmtes Büschel Seetang mein Bein streift, muß ich an jene Broschüre des ehemaligen Chatham-Hotels und die beruhigende Versicherung in bezug auf »Abflußrohre und sanitäre Anlagen« denken, die von dem leitenden Ingenieur verfaßt wurde: »Das Abwassersystem des Hotels Chatham wurde von uns entworfen und unter unserer Aufsicht mit dem Ziel gebaut, eine absolut sichere und unschädliche Beseitigung sämtlichen flüssigen Unrats zu gewährleisten. Auf diese Weise wird das gesamte Abwasser diskret ein gutes Stück vom Gebäude fortgeschafft und zu gegebener Zeit in die rasch abfließende Strömung bei Ebbe ausgeleitet und ins Meer hinausgeschwemmt.«

Ich rechne kurz nach. Das letzte Mal wurde vor gut neunzig Jahren die Wasserspülung in einem der »Kabinette« des Hotels gezogen. Es herrscht Flut, und zwar seit mindestens drei Stunden. Dürfte in Ordnung sein.

»Ich weiß nicht so recht«, frage ich mich laut, nur um zu prüfen, ob einen der anderen der Mut verläßt. »Ich glaube, es ist noch nicht warm genug. Vielleicht sollten wir warten, bis das Meer sich wieder zurückzieht.«

»So ein Quatsch«, antwortet meine Mutter. Und vermutlich hat sie recht. Die Wasserstraße, die in die Bucht hineinführt, liegt eine Meile weiter unten, direkt hinter der Spitze von Minister Point, und es erscheint zwar plausibel, daß die Flut die kalten Wassermassen des Nordatlantik mitbringt, doch Tatsache ist, daß die Ebbe, die, logisch betrachtet, eigentlich wärmer sein müßte, da sich das Wasser während seiner langsamen Reise rund um die Inseln und über die Sandbänke und Untiefen im oberen Teil der Bucht aufheizen müßte, ebenso kalt ist.

»Frauen haben zusätzliche Fettdepots, die sie warm halten«, erklärt mir mein Vater verschwörerisch und sieht aus, als wäre er drauf und dran, das Handtuch zu werfen und zum Haus zurückzulaufen; »das ist der Grund, warum sie die Kälte nicht so stark spüren.«

Meine Mutter wischt die Bemerkung mit einer wegwerfenden Handbewegung beiseite, als verscheuche sie eine lästige Schmeißfliege, und watet weiter hinaus.

Amy erforscht die seichten Stellen, fasziniert von dem Treiben, das in einem der Becken im Ebbesand zu sehen ist, und schaut mal hierhin, mal dorthin, als Meerbrassen in heller Aufregung wild durcheinander um ihre Beine huschen. Sie starrt eine Seespinne an, die unter einem Büschel Seetang auftaucht, steckt ihre Nase direkt ins Wasser und erzeugt Luftblasen, als sie nachsieht, ob das da am Grund tatsächlich ein leckeres Häppchen altes Venusmuschelfleisch ist. Und die ganze Zeit über verfolgt sie mit dem Blick eines ältlichen Babysitters auf dem Spielplatz das bizarre und tragische menschliche Schauspiel, das sich da vor ihren Augen entfaltet.

»Hey, Amy. Schau dir das mal an.«

Ich ziehe einen Pfeilschwanzkrebs, der an meinem Fuß entlanggekrabbelt ist, an seinem langen, harten Schwanzstachel aus dem Wasser und halte ihn hoch, damit sie ihn sehen kann, während die vier Paar Beine wild zappeln und er heftig die Kiemen bewegt, aus Protest gegen eine so unhöfliche Vorstellung.

Amy watet neugierig auf uns zu, um einen Blick darauf zu werfen, kommt noch etwas näher, aber nicht zu nahe, ganz und gar nicht sicher, was sie von dieser seltsamen Kreatur halten soll.

Dieses älteste lebende Fossil ist überhaupt kein Krebs, sondern ein entfernter Verwandter der Spinnen, noch dazu um einiges betagter. Es ist ein direkter Abkömmling der Lebewesen, die vor 350 Millionen Jahren genau wie es selbst über den Grund der Buchten, Mündungen und Marschen gekrabbelt sind. Versteinerungen haben gezeigt, daß der Pfeilschwanzkrebs schon vom Tag der Schöpfung an so vollkommen war, daß er sich seither nicht weiterenwickeln mußte und sämtliche großen klimatischen Veränderungen, die über die Welt hereinbrachen, sämtliche Eiszeiten, Meteorschauer, Vulkanausbrüche und Erdbeben überlebte und prächtig gedieh. Ebenso überstand er die zahlreichen Veränderungen seiner Speisekarte und all die Einmischung von seiten des Menschen.

Die Indianer rund um die Bucht fertigten Pfeilspitzen aus den Schwänzen der Limuli, später verwendeten die Farmer ihren Körper als Dünger und Hühnerfutter, und die Fischer schnitten sie als Köder für ihre Aal- und Tritonshornreusen auf. Es ist noch gar nicht so lange her, daß einige Städte rund um die Bucht ein Kopfgeld von einem Penny auf einen Limulusschwanz aussetzten, da man glaubte, daß sie den Nachwuchs der Klaff- und Venusmuscheln verschlingen.

Erst in den letzten paar Jahren hat man die ungeheure Bedeutung dieser Lebewesen erkannt. Es stellte sich schließlich heraus, daß sie sich nicht in erster Linie von Schalentieren ernähren, sondern vielmehr von abgestorbenen organischen Stoffen auf dem Grund der Marschen und Buchten: wahre Staubsauger der Natur. Einige Städte fingen an, dafür zu bezahlen, daß sie wieder in ihren Gewässern ausgesetzt wurden. Und Wissenschaftler haben entdeckt, daß das blaue, kupferhaltige Blut des Pfeilschwanzkrebses ein außerordentlich wirksames antibiotisches System enthält. Daraus kann man mittlerweile ein Serum erzeugen, mit Hilfe dessen Bakterien im menschlichen Blut, Verunreinigungen in pharmazeutischen Produkten und Spinalmeningitis bei Kindern nachgewiesen werden können. Und das ist noch nicht alles. Ihr blaues Blut wird bei der Aids-Bekämpfung und im Rahmen neurobiologischer Forschungen bei Alzheimer eingesetzt. Wurden ihre Schwänze in meiner Jugend noch für einen Penny das Stück gehandelt, so wird ihr Blut heute für mehr als fünfzehntausend Dollar pro Liter verkauft.

Doch wie bemerkenswert dieses Relikt aus prähistorischen Zeiten auch sein mag, das da blitzschnell von uns fortschwimmt, Amy läßt sich nicht lange von ihren Bademeisterpflichten ablenken.

Die Tatsache, daß meine Mutter so tollkühn ins Wasser marschiert ist – es reicht ihr nun schon bis zur Taille, und sie erwägt ernsthaft den verhängnisvollen nächsten Schritt –, hat Amy alarmiert: Sie steht im seichten Wasser und starrt auf die Tragödie, die sich da demnächst direkt vor ihren Augen abspielen wird – fassungslos angesichts der mißlichen Lage, in der sich meine Mutter befindet.

»Also, das ist der optimale Zeitpunkt«, sagt meine Mutter tapfer und knöpft ihre Bademütze unter dem Kinn zu. Um uns zu zeigen, was wir für Hasenfüße sind, stürzt sie sich in die Fluten und krault bedächtig vor der Küste entlang.

Es ist soweit.

Eine plötzliche Gischtsalve!

Ein, zwei theatralische Sätze ins tiefere Wasser.

Und Amy ist unterwegs und tuckert hinaus zu meiner Mutter wie ein Schlepper im Schnellgang, ihr Rücken wölbt sich bei jedem der kräftigen Schwimmzüge, die sie mit ihren Pfoten vollführt, aus dem Wasser. Sie ist draußen am Schauplatz des Dramas, bevor meine Mutter auch nur zwei oder drei Züge geschwommen ist.

Amy rudert auf die tiefere – und gefährlichere – Seite neben diese ausgestreckte Gestalt und versucht tapfer, sie näher an die Küste zu treiben, indem sie immer engere Kreise um sie zieht, verzweifelt winselnd und mit entschlossenem Blick.

Ist man erst einmal drinnen, fühlt sich das Wasser herrlich an, und meine Mutter dreht sich auf den Rücken, um sich von der Strömung treiben zu lassen.

»Wunderbar!« ruft sie uns zu und winkt begeistert.

Wir fragen uns, ob das wirklich stimmt oder ob es ein raffinierter Trick ist, um uns hineinzulocken, damit wir mit ihr leiden. Noch ein Schritt, und das Schlimmste steht zu befürchten.

Die Warnung eines Bademeisters sollte man niemals ignorieren. Amy schnappt nach allem, was sie an Fleisch zu fassen bekommen kann, in diesem Fall ist es ein Ohrläppchen.

»Autsch!« schreit meine Mutter, kommt auf den Füßen zu stehen und bewegt sich näher aufs Ufer zu, bis das Wasser nur noch so tief ist, daß es – nach Amys Empfinden – ihren Schwimmkünsten angemessen ist. Amy schwimmt nach getaner Pflicht ans Ufer, schüttelt sich und schüttelt ungläubig den Kopf, wie eines ihrer Rudelmitglieder so leichtsinnig sein kann. Zufrieden, daß ihr einmal mehr eine Rettungsaktion geglückt ist, wälzt sie sich im Sand und legt sich dann auf die Lauer, um sicherzugehen, daß das Mannsvolk nicht ebenso verrückt ist.

Natürlich sind wir es doch. Nacheinander spannen die in der Sommersonne zitternden Männer, die sich jetzt schämen, ihre Muskeln und wagen den Sprung; sie atmen tief ein, um sich zu versichern, daß sie noch keinen Herzstillstand erlitten haben, und schwimmen dann los, die Bucht entlang, während Amy, die über unsere Dummheit erstaunt ist, auf der tiefen Seite neben uns schwimmt und uns ermahnt, in der Nähe des Ufers zu bleiben.

Bei Flut muß sich das hereindrängende Wasser durch die schmale Wasserstraße zwischen dem Strand und Strong Island zwängen, was eine starke Strömung in dieser Passage erzeugt. Häufig können wir von dem höchsten Punkt der Klippe aus sehen, wie sich das Wasser hindurchdrückt, bevor es sich in einem Schwall in die Bucht ergießt, wo es dann langsamer wird und mit einem Seufzer zur Ruhe kommt. Sich von dieser Strömung mittragen zu lassen ist ein ebenso köstliches Gefühl wie im Traum zu schwimmen. Während wir lässig brustschwimmen oder kraulen, können wir mühelos die Geschwindigkeit eines olympischen Schwimmers erreichen und die Küste vorbeiflitzen sehen. Schwimmen wir dann gegen die Strömung zurück, kämpfen wir um jeden Meter; und falls wir nur für einen Moment innehalten, treiben wir die ganze Strecke wieder zurück, wenn nicht sogar noch weiter.

Angesichts der starken Strömung würde man nicht vermuten, daß diese Landspitze im ersten Weltkrieg als Stützpunkt für die Marineflieger zur Überwachung der Küste überhaupt in Frage kam. Doch die Regierung baute natürlich ausgerechnet hier einen Stützpunkt, mit riesigen Hangars für Wasserflugzeuge und Luftschiffe, Unterkünften für die Militärs hinten im Wald beim Crows Pond, Reparaturwerkstätten, einem Kasino und einem Wassertank. Die leichten Wasserflugzeuge, die man von ihren Hangars über den Strand bis zur Mitte der Wasserstraße schleppte, wurden von der Strömung die halbe Bucht hinuntergetragen, bevor ihre Propeller überhaupt in Schwung kamen. Und dann der Wind! Ähnlich wie die Winde, die auf das Floß des Odysseus zuhielten, rasen die Winde, die über die vielen Meilen auf offener See an Stärke gewonnen haben, hier über den sandigen Ellbogen der Halbinsel, die dreißig Meilen weit in den Atlantik hinausragt. »Wenn dir das Wetter nicht gefällt«, pflegten die alten Cape-Cod-Bewohner zu sagen, »dann warte ein paar Minuten.« Und da ist viel Wahres dran. Die Wolken werden über den offenen Himmel geblasen und zusammengeschoben, so daß sie die Sonne verdecken, und dann blitzschnell wieder auseinandergetrieben. Unwetter brechen mit ungestümer Heftigkeit los und führen dazu, daß der Himmel seine Schleusen öffnet, um dann genauso schnell vorüberzuziehen. An dieser Landzunge, über die die Seewinde hinwegfegen, hatten die Luftschiffe keine Chance; die meiste Zeit blies der Wind sie einfach fort.

Drei der Pfähle des alten Navy-Piers, der sich in die Bucht hineinerstreckte, in der wir schwimmen, stehen immer noch am Strand, einen Fuß über dem Sand, irrwitzig schräggeneigt, verwittert, abgeblättert und überzogen von einer Kruste aus Seepocken. Und hinten im Gebüsch finden sich hier und da Teile von Betonplatten der Hangars, die für die Wasserflugzeuge und kleinen Luftschiffe bestimmt waren – alles Überreste von Befestigungen gegen einen Feind, der nie kam.

Bis auf einmal.

Es war an einem friedlichen Sonntagmorgen – dem 21. Juli 1918 –, einem heißen Sommertag wie diesem heute, als direkt vor dem Ozeanstrand bei Orleans, einen Steinwurf vom Ufer entfernt, das Periskop eines 65 Meter langen U-Bootes der Kaiserlichen Deutschen Marine die spiegelglatte Wasseroberfläche durchstieß.

Zweifelsohne waren die Matrosen des »Kaisers« auf ein wenig Spaß aus, doch es war nichts in Sichtweite, was als Übungsziel in Frage gekommen wäre, außer einem mickrigen Schlepper, der vier leere Barkassen hinter sich herzog. O prima! Fertig? Ziel erfaßt ... Feuer!

Um 10.30 Uhr an jenem Morgen torpedierte das U 156 den winzigen Konvoy und begann dann Granaten abzufeuern. Hunderte von Einheimischen und Feriengästen rannten zu den Dünen, um die Aktion zu beobachten, während die Barkassen eine nach der anderen sanken und das Ruderhaus des Schleppers in die Luft gejagt wurde.

Die Küstenwache von Orleans funkte die Marinebasis in Chatham um Hilfe an.

Die meisten Jungs von der Airforce waren jedoch oben in Provincetown und vergnügten sich bei einem sonntäglichen Baseballspiel. Nichtsdestoweniger schleppten die Männer, die am Stützpunkt geblieben waren, vier Wasserflugzeuge mit je zwei Schwimmern und einem Mahagonirumpf von ihren Hangars in die Bucht, nahmen ihre Brieftauben mit an Bord, für den Fall, daß die neumodischen Radioapparate nicht funktionierten, glitten die Wasserstraße hinunter, hoben ab und flogen die Küste entlang.

Die Flieger erspähten rasch die bedrohliche Silhouette des U-Boots, doch es gab ein Problem: Ihre Flugzeuge waren unbewaffnet. Der einzige Offizier, der den Schlüssel für das Schließfach hatte, in dem die Zünder für die Bomben lagen, spielte an diesem Morgen als Catcher bei dem Baseballspiel in Provincetown.

Die Wasserflugzeuge flogen dicht an das U-Boot heran und aus Frust warf ein Pilot einen Schraubenschlüssel hinunter. Die Aussagen gehen auseinander. Einige behaupten, daß er genau traf und der Schraubenschlüssel gegen das deutsche Kriegsschiff knallte; andere wollen gesehen haben, daß er ins Meer geplatscht ist. Welcher Bericht auch immer stimmt, es scheint sicher, daß das leise Lachen des Kapitänleutnant von Oldenbergs und seiner Besatzung in dem U 156 widerhallte, während es unbeschadet unter die Wellen glitt bei diesem ersten und einzigen feindlichen Angriff gegen die Vereinigten Staaten im Ersten Weltkrieg.

Heute fliegen keine lenkbaren Luftschiffe mit Spähern mehr über die Küste, nur eine Sommer-Wattewolke zieht über uns hinweg, während wir auf dem Rücken die Bucht hinuntertreiben. Das U 156 ist längst fort; drei Monate nach seinem Angriff auf den Schlepper lief es in der Nordsee auf eine Mine und sank. Die einzigen Luftangriffe starten jetzt die Möwen, die bei Ebbe Jakobsmuscheln auf die Betonfundamente oben im Strandhafer abwerfen, die Überreste des einstigen Hangars für die Wasserflugzeuge. Und die einzige bewaffnete Strandpatrouille ist eine Wachhündin, klitschnaß und glatt wie ein Otter, die nicht etwa nach Spionen oder Saboteuren sucht, sondern den Strand auf und ab läuft, um sicherzustellen, daß ihre Rudelmitglieder nicht weiter hinausgehen als bis zu dem Punkt, an dem sie noch stehen können.

Weit unterhalb der Stelle, an der wir begonnen haben, uns treiben zu lassen, kommen wir auf die Füße und waten Schritt für Schritt gegen die Strömung, während das Wasser an unseren Beinen vorbeirauscht, zurück bis zum Ausgangspunkt, um uns dann erneut hinuntertreiben zu lassen. Wir bewegen nur ab und an kurz die Hände oder paddeln ein bißchen mit den Füßen und laufen wieder und wieder zurück wie auf einer Kirmes-Fahrt. Schließlich stolpern wir, erschöpft und aufgeweicht, wie ungestalte Lebewesen aus grauer Vorzeit, die aus der Ursuppe auftauchen, den Strand hinauf zu unseren Handtüchern, die im Ruderboot liegen – und denken in unserer menschlichen Einfalt, daß wir das Ganze am nächsten Nachmittag wiederholen können, obwohl doch die Erfahrung über die Jahre immer wieder gezeigt hat, daß die Bedingungen selten ideal sind, wenn wir gerade bereit sind.

Erleichtert, daß wir endlich zur Vernunft gekommen sind, zählt Amy kurz ab, ob alle da sind, dann rast sie den Pfad zum Rasen hinauf, wo wir sie, nachdem sie sich im Gras gewälzt hat, finden werden – unsere Lassie , unser Rin-Tin-Tin –, wie sie auf dem Rücken liegt und sich den Bauch von der Sonne wärmen läßt.

Gar keine so schlechte Idee. Erfrischt bleiben wir eine Weile in den Holzstühlen auf der Klippe sitzen, spüren die angenehme Wärme der Nachmittagssonne und sehen zu, wie das Wasser zwischen der Insel und dem Strand steigt.

Über das tanzende weite Meer

Hey, Amy, weißt du noch, wie wir damals segeln gegangen sind? Oh, ich weiß, du möchtest am liebsten nicht mehr daran denken, stimmt's? Aber die Sache ist dann noch gut ausgegangen, das mußt du doch zugeben. Ich wette, wenn du noch einmal einen Versuch gemacht hättest, wärst du zu einem erfahrenen alten Seebären geworden. Viele Retriever sind zum Segelsport gekommen. Vielleicht warst du zu jung. Wie alt warst du damals – fünf oder sechs Monate? Aber es war wirklich ein ruhiger Tag. Erinnerst du dich noch?

Der warme Südwestwind vor dem Nantucket Sound ist der vorherrschende Sommerwind, und nachmittags kann er mit heftigen Böen bis zu Windstärke sieben auffrischen, die flach über die Bucht fegen; und dann kann das Segeln ganz schön aufregend werden. Aber davon später. An diesem Morgen, als ich unsere Passagiere für Amys Jungfernfahrt hinaus zur Muringsboje rudere (es ist einer jener Tage Ende August, an denen man versucht so zu tun, als sei der Sommer noch nicht vorbei) –, an diesem Morgen ist es so ruhig, daß man die Wassertropfen von den Ruderblättern fallen hört.

Das kleine Katboot wartet bereitwillig an der Boje, während das Spiegelbild seines weißen Rumpfes und des dunkelgrünen Randes im ruhigen Wasser schaukelt. Unser Dingi schlägt sanft an. Ich befestige die Vorleine an der Muringsboje, und nachdem Marjorie ins Boot geklettert ist, hebe ich Amy zu ihr hinauf.

»Einen schönen Fang haben Sie da gemacht, Käpt'n. Thunfisch oder Hai?«

»Heute abend wird es ein paar besonders saftige Filets geben, Junge, nach allen Regeln der Kunst in gutem Madeira gedünstet.«

»Oh, Amy, er meint es nicht so«, sagt Marjorie und legt ihre Hände über Amys Ohren. »Eigentlich würde sie sogar einen kolossalen Hammerhai abgeben«, fügt sie dann hinzu, stimmt dabei die Titelmelodie aus dem ›Weißen Hai‹ an und schiebt Amys Lefzen zurück, um ihre perlweißen Zähne bloßzulegen, die allerliebst, winzig und scharf wie Teppichzwecken sind: »Bam bambam bam bambam.«

Amy steht auf der Bank und schüttelt sich, ein lässiges Schütteln, das am Kopf beginnt und sich bis zur Schwanzspitze fortsetzt, und spritzt uns naß.

»Hey!« rufen wir.

Sie sieht uns an und bedenkt uns mit einem strahlenden Retrievergrinsen.

»Hol die neunschwänzige Katze, Maat; diese Landratte braucht eine Tracht Prügel.«

»Erst kommt sie vors Kriegsgericht, wenn wir den Hafen erreichen. Das ist das ordnungsgemäße Verfahren, weißt du das nicht?«

Amy zeigt sich überhaupt nicht beunruhigt, daß sie vor einem solchen Gericht erscheinen soll. Warum sollte sie sich auch sorgen? Sie braucht dem Richter und den Geschworenen ja nur bewundernde Blicke zuzuwerfen – auf diese Weise ist sie noch immer freigesprochen worden, auch bei den gräßlichsten Vergehen. Sie stöbert im Boot herum und schnüffelt an dem salzwassergetränkten Holz und den von der Sonne gebleichten Tauen.

»Verstau den Kram unter Deck, Junge«, sage ich zu Marjorie und gebe ihr das Paddel, die aufblasbaren Rettungswesten und den Segelsack, in den wir Sonnenbrillen, Sonnenmilch, ein Badelaken, Fotoapparate und, für den Fall, daß wir in eine Flaute geraten, ein paar Kekse und eine Flasche Wasser gepackt haben.

»Dieses blöde Boot hat kein Unterdeck.«

»Schluß mit dem Geschwätz, oder ich streiche deine Ration Schiffszwieback. Eine doppelte Ration für unseren neuen Matrosen.«

»Und verschon du Amy mit all den dummen Seglersprüchen«, mault Marjorie. »Sie versteht überhaupt nicht, was zum Teufel du da faselst. Schau, wie nervös du sie machst.«

»Ist gut, Amy, ist ja schon gut. Aber du weißt, Seeleute kommen als Jungen an Bord dieses Schiffs, und nachdem sie ein- oder zweimal an der Spillspake Dienst getan haben, sind sie, wenn wir sie wieder im Hafen abliefern, zu Männern geworden.«

»Amy will aber gar kein Mann sein.«

»Na gut, sie kann diesmal einen Morgen lang als Passagier mitsegeln.«

Ohne daß Passagier oder Mannschaft ihre Hilfe auch nur anböten, hole ich die Leine an, um das Segel hochzuziehen. Das Knarren der Taljen und das Flattern und Schlagen des zusammengeknüllten Segels, das sich vom Baum zur Mastspitze emporschiebt, läßt unseren Passagier außer sich vor Angst nach einem Rettungsboot Ausschau halten.

»Amy, es ist alles in Ordnung. Schau doch. Es ist nur ein Segel.«

Ich hätte ihr genausogut erklären können, daß das Boot durch ein modernes System von wasserdichten Auftriebskörpern praktisch unsinkbar ist; sie ist bereit, das Schiff zu verlassen und ihr Glück zu versuchen. Sie steht auf der Bank, blickt zur Küste und hofft möglicherweise, daß ein vernünftigeres älteres Mitglied des Rudels zum Strand gelaufen kommt, um sie vor diesem Wahnsinn zu bewahren.

»Beeil dich«, jammert meine Schwester. »Du siehst doch, daß du sie nervös machst.«

»Hier, laß das Schwert runter.«

»Damit ich mir die Hände abreißen lasse? Ich denke nicht daran, das Ding auch nur anzurühren.«

»Gut«, sage ich ruhig und übergebe ihr die Leine des Großsegels, »halt mal.«

Sie packt sie, als ob sie das kringelige, unbehaarte rosafarbene Ende eines Rattenschwanzes sei.

Ich löse die Leine des Schwertes von der Klampe und lasse es behutsam Zentimeter für Zentimeter hinunter, wobei ich praktisch demonstriere, daß einem nicht notwendigerweise die Hände abgerissen werden, wenn das Manöver richtig durchgeführt wird. Mit dem ruhigen professionellen Gebaren eines alten Salzbuckels lehne ich mich danach über den Bug, löse das Boot von der Muring, lege ab, laufe zum Heck zurück, setze mich neben die Pinne, übernehme die Leine von Marjorie, hole das Segel an und halte Kurs auf den Kanal.

Amy, die Passagierin erster Klasse, ist überhaupt nicht beeindruckt von dieser einwandfreien Demonstration meiner Seemannschaft. Sie starrt vielmehr angsterfüllt hinüber zu ihrem Haus, ihrem Heim, der ganzen ihr bekannten Welt, von der sie gut fünfzehn Meter offene See trennen.

Und die Mannschaft! Die Mannschaft meutert.

»Bewegt sich dieses blöde Ding überhaupt?« fragt Marjorie.

»Ja, natürlich. Schau doch die Muring an.«

Sie schaut ziemlich skeptisch zu der blau-weißen Muringstonne mit dem daran vertäuten Dingi. Sie liegt wirklich achtern, wenn auch zugegebenermaßen nicht sehr weit zurück.

»Kannst du nicht ein bißchen an Tempo zulegen? Ich habe nicht den ganzen Tag Zeit.«

»Landratten«, murmele ich leise und hole das Segel ein wenig an.

»Was hast du gesagt?«

»Nein, ich kann nicht an Tempo zulegen. Es überrascht dich vielleicht, aber auf den Wind habe ich keinen Einfluß.«

»Also, das bringt's ja nicht gerade«, beendet sie das Gespräch leicht verstimmt, rückt eine der Rettungswesten hinter sich zurecht, lehnt sich zurück, breitet die Arme zu beiden Seiten auf dem Deck aus und schließt die Augen.

Es ist nur noch das Glucksen und Gurgeln des Wassers im Schwertkasten zu hören, und wenn man die Ohren spitzt, das sanfte Rauschen des Boots, das leise durchs Wasser pflügt. Nach ein paar Minuten merke ich, daß Marjories Gesichtsmuskeln sich entspannen, und ich bin nicht sicher, ob sie nun schon eingenickt ist oder nicht.

Nicht alle Passagiere haben genügend Vertrauen in die Fähigkeiten ihres Kapitäns, um einfach einzuschlafen. Nicht bereit, sich von einem trügerischen Gefühl der Sicherheit einlullen zu lassen, läuft Amy auf und ab auf der Suche nach einem sicheren Fleck, an dem sie sich vor dem ihrer Überzeugung nach drohenden Unheil verbergen kann, und drückt sich dann zwischen meine Beine und den Heckspiegel des Bootes. Ich kann spüren, wie sie zittert.

Das Segel fängt das bißchen, was an leichter Morgenbrise vorhanden ist, ein; und fast unmerklich gleiten wir träge mit der ablaufenden Flut durch den Kanal, wobei der Wind im Segel gerade ausreicht, um das Boot zu steuern.

Genau querab zum Wind bewegt sich das Segelboot

langsam und schwerfällig wie ein großer, schläfriger Bär vorbei an Strong Island, der größten der aus der Eiszeit stammenden Perlen in der Inselhalskette der Bucht, vorbei an ihren mit Pechkiefern bestandenen Hügeln, vorbei an der von Bäumen fast vollständig verdeckten Pension. Man munkelt, daß nahe am offenen Meer »nordöstlich eines Wäldchens auf Strong Island« eine Schatzkiste vergraben sei, und meine Blicke wandern stets prüfend über die Insel, ob ich nicht den einen oder anderen auffälligen Baum entdecke. Und wieder komme ich zu dem Schluß, daß diese Angaben wertlos sind; die ganze Insel besteht nun mal aus Kiefern, stämmigen Kiefern, nichts als Kiefern, und alle scheinen gleich groß zu sein. Hier steht kein »großer Baum« an der »Schulter des Fernrohrs« wie auf der Schatzinsel, obwohl das Gerücht geht, daß die Bucht, im siebzehnten Jahrhundert als Surtcliffe's Inlet bekannt, in früheren Zeiten ein Treffpunkt der Piraten hier in Neuengland war.

Wir fahren gemächlich an dem sandigen Steilufer am Ostende der Insel vorbei, das in lang zurückliegenden Kämpfen mit der See seine stumpfe Gestalt angenommen hat; unterhalb der Klippen zieht sich die riesige Marsch, die größer ist als die Insel, weit hinaus in die Bucht.

Die Marsch sieht aus wie eine unendliche Fläche aus nassem Grün, aber als wir langsam daran vorbeigleiten, erscheint sie plötzlich mehr wie ein zartes impressionistisches Gemälde, ein buntes Gewirk aus Farbe und Struktur: die ineinander übergehenden Grüntöne vom Gras der Salzwiesen, von Schilf und Binsen wechseln ins Gelb und Weizengold; das Ganze ist durchzogen von einem mäandernden Labyrinth aus blauen Bächen.

In früheren Zeiten stakten die Leute aus der Stadt gegen Ende des Sommers breite Schuten mit flachem Kiel hinaus in diese Marschen, um die Salzwiesen mit der Sense zu mähen. Sie luden das Heu in großen Haufen in ihre Boote und stakten dann zum Ufer zurück, wo sie es auf den Feldern oberhalb des Strandes zum Trocknen ausbreiteten, so daß sie es im Herbst zum Dachdecken und als Winterfutter für ihre Tiere verwenden konnten. Heute wächst das Gras Jahr für Jahr auf den Salzwiesen und stirbt dann ab, ohne geerntet zu werden.

Nicht weit vom Rande der Marsch stehen ein Dutzend, vielleicht dreizehn, vierzehn große Blaureiher unbeweglich wie Lockvögel im Watt. Sie sind auf ihrem herbstlichen Zug in wärmere Gegenden, und wie wir verweilen sie hier nur einige Wochen. Ich bin nahe dran, Marjorie wachzurütteln, damit sie die Vögel sehen kann, aber dann besinne ich mich eines Besseren; es heißt ja schließlich, schlafende Hunde soll man nicht wecken. Sie zeigt für Watvögel so wenig Interesse wie seinerzeit meine Großmutter, die, wenn mein Großvater sie voll Begeisterung darauf hinwies, nur sagte, daß sie ihre Namen häßlich fände – Gelbschenkel, um Himmels willen (Großer und Kleiner), Pfuhlschnepfen und schwarzbäuchige Regenpfeifer (die sie hartnäckig topfbäuchige Regenpfeifer nannte). Von Zeit zu Zeit macht einer dieser riesigen Flugsauriern gleichenden Vögel einen vorsichtigen Schritt, als ob er auf einem frisch gewachsten Küchenboden liefe, und stößt dann plötzlich mit dem dolchförmigen Schnabel in das seichte Wasser; ein silbriges Blitzen, ein Schütteln des Kopfes, dann verschlingt er seine Beute und nimmt wieder seine stumme Haltung ein.

Die Bucht öffnet sich meilenweit hinter der Marsch, und nicht markierte seichte Wasser erstrecken sich ins Unendliche wie ein weites und unerforschtes Meer. Ein ganzes Stück weiter hinten liegt Slut's Bush. Im Dezember 1626 ließ die Besatzung der vierzig Fuß langen *Sparrow Hawk*, die eine Schar Einwanderer von England nach Virginia bringen sollte, das Schiff hier absichtlich in einer ruhigen Nacht am Strand auflaufen. Das kleine Schiff hatte keine Vorräte mehr, das Wasser reichte nur noch für ein oder zwei Tage, unter den Passagieren waren Krankheiten ausgebrochen, und die Mannschaft war von Panik erfüllt. Am nächsten Tag paddelten einige Kundschafter der Indianer hinaus und fragten auf Englisch, ob »sie Leute des Gouvers von Plimoth seien oder Freunde« und boten an, sie zu »euren englischen Häusern zu führen oder ihre Briefe zu überbringen«. Als die Indianer und zwei Leute der Besatzung der *Sparrow Hawk* in Plymouth ankamen, entsandte Gouverneur Bradford eine Rettungsmannschaft, die wenige Tage später eintraf. Einer der Passagiere, der sich an Bord der *Sparrow Hawk* befand, ein gewisser Mr. Fells, hatte eine Frau in die Neue Welt mitgebracht, die er als seine Magd und Haushälterin vorstellte, die aber, so vermuteten die anderen Passagiere, seine Geliebte war. Als offensichtlich wurde, daß sie schwanger war, wurde das Paar geächtet; und bevor die Rettungsmannschaft ankam, zwang man sie, ihr Lager in der Einsamkeit des Küstenabschnittes aufzuschlagen, der als Slut's Bush (Hurenbusch; Anm. d. Übers.) bekannt wurde. Vor Jahren legte ein Sturm ganz in der Nähe das Gerippe der *Sparrow Hawk* frei; es ist jetzt im Museum in Plymouth ausgestellt.

Und weiter oben an der Küste hinter Pochet Island befindet sich die Stelle, an der die Seeräuber der *Whydah* an Bord der gekaperten Slup *Mary Anne* in dem großen Sturm in der Nacht des 26. April 1717 an Land getrieben wurden. Am nächsten Morgen brachen sie, da sie sich in Sicherheit wähnten und sich über ihr Glück freuten, Fässer mit Wein aus dem Wrack heraus, nur um wenige Stunden später vom

Friedensrichter und seinen Mannen festgenommen zu werden, die sie zum Kerker in Barnstable brachten. Später wurden sie in Boston ins Gefängnis geworfen, wegen Piraterie vor Gericht gestellt und gehängt.

Ein paar Meilen weiter nördlich zerschellte in derselben Freitagnacht nach einem Jahr der Piraterie im Spanischen Meer die *Whydah*, das Flaggschiff der Seeräuber. In der Zwischenzeit haben aufmerksame Strandgutsammler, wenn Nordostwinde die Brandung und den Sand aufgewühlt hatten, am Strand geschwärzte spanische Goldmünzen gefunden, wie man sie aus den Piratensagen kennt.

Die Farbe des Wassers rund um die Marsch – dort, wo die Sonne bis auf den sandigen Grund stößt, ist sie von einem tropischen Blau wie auf den Gemälden Winslow Homers – offenbart, wie weit sich diese Untiefen erstrecken. Ich steuere das Boot die Wasserstraße ganz nah am Rande des Watts entlang, an der einen Seite kann ich Sandriefelungen einige Zentimeter unterhalb der Oberfläche sehen, mit verstreut herumliegenden Tritonshörnern, und auf der anderen Seite das dunkelgrüne Wasser, in dem Hummerfischer ihre Körbe in die kalten Tiefen absenken.

»Wir wenden«, sage ich, um unseren Passagier und die Mannschaft davon in Kenntnis zu setzen, daß wir den Kurs ändern.

»Klar zur Wende!«

Keiner hält es für nötig, sich zu rühren.

»Pinne hart nach Lee!«

Das Segel flattert, als der Wind abfällt. Der Baum knarrt und stöhnt. Dann fängt das Segel die Luft wie in Zeitlupe wieder ein und bläht sich mit einem Ruck. Ich steuere auf das Festland zu, komme auf die Höhe von High Scatteree, dem alten Herrenhaus mit dem Kapitänsweg oben auf dem

Steilufer beim Minister Point, und segle nah an den Booten vorbei, die vor der Anlegestelle der Stadt an ihrer Muring vertäut liegen (wie ich feststelle, gibt es jetzt mehr Lastkähne als Yachten, die eine nach der anderen an Land gezogen und für den Winterschlaf aufgebockt worden sind und auf den nächsten Sommer warten); dann setze ich meinen Weg fort, die Bucht hinauf in Richtung offenes Meer.

Entfernungen kommen mir in der Bucht immer größer vor, als sie tatsächlich sind. Die Küste scheint so fern wie ein anderer Kontinent, mit ihrer Ansammlung von winzigen, wettergegerbten Strandhütten, die sich wie zufällig hinter den Dünen ducken, Überlebende im jahrzehntelangen Kampf mit Orkanen und Winterstürmen.

Hier draußen, wo die bunt angemalten Hummerbojen am Rande der Wasserstraße auf- und niederwippen, sind wir bei früheren Ausflügen immer geradewegs Richtung Strand und direkt bis ans Ufer gesegelt. Wir haben unsere Sachen ausgeladen, sie am Strand auf einen Haufen gepackt und dann das Boot zum Ankern so weit hinausgezogen, bis uns das Wasser unter die Arme reichte, so daß es nicht plötzlich auf dem Trocknen lag, wenn die Ebbe einsetzte oder der Wind sich drehte. Dann zogen wir los auf den sandigen Pfaden durch die rollende Dünung des Strandhafers, vorbei an Büscheln von staubiger Borstenhirse mit ihren in der Sommersonne matt gewordenen grauen Blättern; vorbei an den ausgewaschenen Stellen, an denen ein Wintersturm eine Bresche in die Dünen geschlagen und den Sand mit Treibholz aus nördlichen Gewässern übersät hatte. Und unsere Füße sanken tief ein in den heißen, weichen Sand, in diesen feinsten Sand aller Sande, der seit urewigen Zeiten von den hohen Kliffs und den Dünen die Küste hinuntergespült worden ist, poliert von der See, sortiert und gesiebt von Wind und Wellen.

Auf diesem mühseligen Marsch durch die brennende Sahara hörten wir das hohle Dröhnen der Brecher und sahen über einer Düne die viereckige Spitze des Wachturms der verlassenen Station der Küstenwache im Alten Hafen, und schließlich, nachdem wir eine Düne erklommen hatten, lag vor uns der Atlantik. Keine Menschenseele weit und breit, nur die sich brechenden Wellen, der weiße Strand, dessen geschwungene Linie sich im Norden und Süden in der Unendlichkeit verlor, und das blaue Meer.

Der Strand sah jedesmal anders aus, wenn wir wiederkamen. Manchmal brachen sich auch an einem ruhigen Tag riesige Wellen krachend am Ufer, und wir konnten in ihren marmorierten grünen Voluten vorbeiziehende Fischschwärme sehen, die aufstiegen und einen Augenblick wie schwebend dort hingen. An anderen Tagen brachen sich die Wellen draußen vor einer Sandbank, purzelten übereinander wie ein Wurf junger Hunde und liefen dann zischend den Strand entlang, bevor sie wieder zurückgesogen wurden. Im Watt fanden wir oft einen wahren Schatz funkelnder Strandkiesel, glattgeschliffen zu glitzernder Vollkommenheit. Und einmal, bei einem Gang durch dieses Watt, wirklich nur einmal, entdeckten wir die Sanddollars, nach denen ich seit Jahren Ausschau gehalten hatte. Ein anderes Mal, ebenfalls nur ein einziges Mal, bildete sich hinter einer Sandbank am Strand ein Tümpel von olympischen Ausmaßen, gut eineinhalb Meter tief, der mit seinem ruhigen, kristallklaren Wasser dem Badenden den Luxus einer Südseelagune bot.

Weiter oben am Strand picknickten wir dann mittags auf Badehandtüchern und tranken die kalte Limonade aus dem für Scotch gedachten Kühler, während das einschläfernde Schwappen und Klatschen der Gischt in den Sommerdünen zu hören war und der Sommerwind durch den Strandhafer fegte. Man konnte gut verstehen, daß Henry Beston, ein neununddreißigjähriger Lehrer, der im September 1927 an diesen Strand gekommen war, um in der kleinen Hütte, die er ein wenig weiter nördlich oben auf einer Düne gebaut hatte, zwei Wochen Urlaub zu machen, schließlich ein Jahr blieb. »Ich konnte mich nicht trennen, und als das Jahr fortschritt und der Herbst begann, war ich von der Schönheit und der Geheimnishaftigkeit dieses Fleckens und des offenen Meeres so ergriffen und gebannt, daß ich nicht abreisen konnte.« An seinem kleinen Küchentisch, mit »Blick auf den Nordatlantik und die Dünen, in einem kleinen Raum, erfüllt vom gelben, vom Sand zurückgeworfenen Sonnenlicht und dem mächtigen Klang des Meeres« schrieb Beston seinen Klassiker ›The Outermost House‹, ein Buch, das seit seiner Veröffentlichung im Jahre 1928 nie vergriffen war. Ein bißchen weiter die Küste hinauf lag auch der Strand, an dem Henry David Thoreau 1849 entlanglief, der seinen Walden Pond verlassen hatte, um einen besseren Blick auf das Meer zu bekommen, als er ihn je gehabt hatte. »The Great Beach«, also den »Großen Strand«, so nannte er ihn. »Was sind Quellen und Wasserfälle?« schwärmte er am Ende seines Berichtes. »Hier ist die Quelle der Quellen, der Wasserfall der Wasserfälle. Ein Mann kann hier stehen und ganz Amerika hinter sich lassen.«

»Eines Tages, Amy«, sage ich, hebe sie hoch und setze sie auf die Bank, damit sie etwas sehen kann, »nicht heute, ja? Aber eines Tages werden wir dort anlegen, so daß du hinüberlaufen und das Meer sehen kannst.«

Ich male mir aus, wie wir den kilometerlangen leeren Strand entlangwandern, auf dem harten Sand knapp über der Linie, wo die Wellen sich brechen, wie wir die Wärme der aufsteigenden Sonne spüren und durch den eiskalten Schwall der Brecher platschen.

Ich glaube nicht, daß Amy sich das ebenfalls ausmalt. Mit einem schnellen, prüfenden Blick stellt sie fest, daß wir uns wirklich mitten im Bermudadreieck befinden, und springt rasch hinunter, um in den Schutz ihrer »Kajüte« hinter meinen Beinen zurückzukehren.

Hier, wo die Wasserstraße eine Biegung macht und parallel zum Strand verläuft, wird das Wasser unter dem Schiff tiefer und ist mit einem Mal von einem klaren Grün, da die Sonne in die Tiefe bis zum sandigen Grund vorstößt. Wir können das Meer jetzt riechen, und die Betonnung entlang der Fahrrinne wird größer, so daß die Fischerboote, die bei schlechtem Wetter durch die Einfahrt kommen, sie ausmachen können. Ich segle nah an eine der Tonnen heran und beobachte, wie das ablaufende Wasser an ihr zerrt, wobei es einen Strudel um ihren von glitschigen Algen überzogenen Sockel und die Kette bildet und versucht, sie mit der Grausamkeit der Charybdis hinunterzuziehen.

Das ist ein ganz schön mächtiger Sog, denke ich, als ich auf den Wasserwirbel starre, der so wirkt, als könne er die *Queen Mary* mit sich in die Tiefe reißen. Was wird, was wird bloß, wenn wir in die Nähe der Einfahrt kommen, das Wasser immer noch abläuft und sein Sog stärker ist als der Wind und ich nicht verhindern kann, daß das Boot ins Meer hinausgetrieben wird?

Tern Island liegt vor uns, dicht vor dem Cow Yard, eine Andeutung eines Sandinselchens, das früher ein Nistplatz für Aberhunderte von Seeschwalben war. Dort könnten wir notfalls anlegen. Vor etlichen Jahren ließen sich die Seeschwalben aus irgendeinem Grund ein paar Kilometer weiter die Bucht hinunter auf Monomoy Island nieder, genau wie Tausende von Möwen, die einst auf Little Sipson Island nisteten – aus der Ferne konnten wir immer einen weißen Schleier von Möwen sehen, die die Insel umkreisten, und wenn wir horchten, dann konnten wir ihre ständigen Rufe und Schreie über die Bucht zu einem heiseren Lied verschmelzen hören.

Ich erinnere mich an jenen Sommermorgen, als wir auf Monomoy die dem offenen Meer zugewandte Küste entlangliefen, ganz mit uns selbst beschäftigt, und genau oberhalb des Streifens gingen, wo sich die Wellen in gleichförmigem Rhythmus brachen, als eine Seeschwalbe uns erspähte und mit ihrem schrillen, aufdringlichen und ohrenbetäubenden Kreischen begann. Zu ihr gesellte sich rasch ein Gefährte und dann noch einer, und sie flatterten in enger Formation über uns.

Dann begannen ihre Luftangriffe. Nach einem Aufstieg von sieben Metern stürzten sie in freiem Fall herunter, nein, schneller als in freiem Fall, es war ein regelrechter Bombenangriff im Sturzflug, wobei sie ihre orangefarbenen Bajonettschnäbel auf uns richteten und erst dreißig Zentimeter über unserer prickelnden Kopfhaut abdrehten. Ohne Unterlaß stürzten sie, eine nach der anderen, hinunter, stiegen wieder empor und schossen erneut nach unten. Wir machten, daß wir wegkamen, und rannten im Laufschritt den Strand entlang, drei Erwachsene, verfolgt von diesen Jagdflieger-Knirpsen in ihren flotten weißen Uniformen und schwarzen Helmen, die Salven von gellenden Schimpfrufen ausstießen. Diese Seeschwalben, Abkömmlinge derer, die, wie Henry Thoreau bei seiner Strandwanderung am offenen Meer im Jahre 1848 beobachtete, »den Reisenden hartnäckig zu verfolgen pflegten, ab und zu mit einem Kreischen fast bis zu seinem Kopf niederstießen« und die 1928 Henry Beston »den ganzen Weg bis nach Nauset« jagten, diese Seeschwalben jagten uns jetzt sicher einen halben Kilometer am Strand entlang, bevor sie wieder zu ihrem Stützpunkt zurückflogen.

Wir gleiten vorbei an Tern Island und der Anlegestelle der Fischer, wo die Möwen auf dem Geländer des Peildecks aufgereiht sitzen und geduldig auf das Buffet am späten Nachmittag warten, wenn die Boote vom Meer zurückkehren und die Fischer ihren Fang aus den Behältern auf die Förderbänder werfen. Jenseits des Fischpiers und des Lokals Chatham Bars beginnt die durch die Einfahrt eindringende Dünung uns ganz sanft zu schaukeln. Vor uns wird das offene Wasser von Kabbelungen und Strömungen bewegt; und weiter draußen, vor der Spitze des Strandes an der Einfahrt, zerplatzt die Gischt in einem Sprühnebel und in brodelnden Schaumkronen über den Sandbänken.

Seit einst die Pilgerväter dieses Land besiedelten, deren *Mayflower* genau hier vor dem Strand beinahe gesunken wäre, sind mehr als dreitausend Schiffe an diesem einsamen, sechzig Kilometer langen Küstenabschnitt gestrandet. Barken. Briggs. Schoner. Schaluppen. Dampfschiffe. Frachter. Tragödie um Tragödie. »Die Annalen dieses gefräßigen Strandes!« rief Thoreau bei seiner Fahrt nach Cape Cod aus.

Wer würde sie schreiben, außer vielleicht ein gestrandeter Seemann? Wie viele haben es nur in Gefahr und Not gesehen, das letzte Stück Erde, das ihre sterblichen Augen erblicken. Denken Sie an all das Leid, das ein einziger Strand bezeugen kann! Die Alten hätten ihn als Meeresungeheuer mit weit geöffnetem Rachen dargestellt, schrecklicher als Skylla und Charybdis.

Die Küste war damals so schreckenerregend, wie wenn auf einem bestimmten Flughafen heutzutage ein Flugzeug nach dem anderen abstürzen würde. »Was für Geschichten am warmen Ofen«, schrieb Henry Beston, ergriffen von der shakespeareschen Dramatik des Ganzen, »Wrackteile, die an Land gespült werden, Stimmen und Schreie im endlosen Dunkel, und von einem Schiff keine Spur; Schiffe in einem scharfen Nordoststurm mit bretthart gefrorenen Segeln und den toten Männern als Eismumien in der Takelage, das schreckliche Wrack der *Castagna*, der Tod der Besatzung und der zitternde, halbtote Kanarienvogel, den man am nächsten Morgen in der durchnäßten Kajüte fand.«

Mich schaudert, und ich wende, um zurück in ruhigere Wasser zu fahren, zurück in Richtung Heimat. Und während der Wind ein ganz klein wenig auffrischt, gleiten wir vorbei am Sandstrand des Lokals, vorbei am Fischpier mit seinen wachsamen Möwen, vorbei an Tern Island, auf die Landspitze von Minister Point zu.

Entgegen den Befürchtungen meiner Schwester und ganz sicher auch denen von Amy ist diese Jungfernfahrt sorgfältig bedacht und geplant worden, so daß die jetzt hereinlaufende Flut dazu beiträgt, daß wir flott vorankommen. Ja, mit dem Weitblick eines Magellan, eines Frobisher, eines Drake, eines ...

»Verdammt!«

Oje. Was für ein Fehler. Grundsatz Nummer eins für das Befehligen eines Bootes lautet, daß der Kapitän niemals laut fluchen sollte, solange er an der Ruderpinne sitzt. Vielleicht ein »Kein Problem, gnä' Frau, wir haben gerade die Seite dieses verflixten Eisberges geschrammt« oder ein »Warten Sie ab, Sie werden sehen, wie sich unsere wasserdichten Auftriebskörper bewähren!« oder ein »Von hier ist es nicht mehr weit bis nach Halifax«, aber niemals ein Fluch, es sei denn so etwas wie »Gott zertrümmere meine Spanten«.

»Was ist passiert?« fragt Marjorie, die sofort hellwach ist.

Und angesichts ihres erschrockenen Blicks ist mir klar,

daß Amy sich im stillen denkt: *Ich wußte doch, daß das passieren wird. Ja, ich wußte, daß das passieren wird.*

»Nichts«, sage ich. »Alles in Ordnung.«

»Wir bewegen uns ja nicht einmal. Was zum Teufel hast du gemacht?«

»Nichts, es ist hier nur ein bißchen zu seicht geworden.«

»Na toll. Und was nun? Sitzen wir fest?«

»Nein. Hier. Ich werde einfach das Schwert hochziehen«, sage ich lässig, während ich mich mit aller Kraft bemühe, das verdammte Ding hochzubekommen, ohne Schweißtropfen zu vergießen.

Es tut sich nichts. »Hmmmmmmm.«

»Wie? Sitzt das Ding hier fest? Ich bleibe hier nicht den ganzen Tag sitzen und warte, bis die Flut kommt.«

»Nein, nein. Das müssen wir auch nicht«, sage ich beschwichtigend, bereit, meine gemeine Besatzung bei der nächsten Andeutung einer Insel auszusetzen. »Wir müssen nur aus dem Boot steigen und es anschieben.«

»Kommt nicht in Frage. Ich steige hier nicht aus«, erklärt meine Schwester, als ob ich ihr vorgeschlagen hätte, das Schiff auf den Schultern nach Hause zu tragen. »Du spinnst ja wohl, wenn du glaubst, ich würde aussteigen«, fügt sie noch hinzu und schielt argwöhnisch seitwärts zu dem von Seetang bedeckten Watt, das zugegebenermaßen ein wenig unheimlich aussieht. Es ist wirklich nicht so ganz klar, worauf oder auf wen man den Fuß setzen würde.

»Na, komm schon. Wir müssen das Gewicht im Boot verringern, um es wieder flottzumachen.«

»Kommt nicht in Frage. Ich sage dir doch, ich klettere nicht hinaus in diesen Dreck. Du hast uns in diese Lage gebracht.« Und damit lehnt sie sich zurück gegen ihre Rettungsweste und schließt die Augen.

Amy schielt mit dem gleichen skeptischen Blick zur Seite. Ich werde sie nicht auffordern, von Bord zu gehen, da sie nur darauf wartet, unter dem geringsten Vorwand das Schiff zu verlassen und ihr Heil draußen in den Fahrrinnen zu suchen.

»Keine Panik, Amy«, sage ich und setze, um sie aufzumuntern, meinen gutgelaunten Monolog fort, als ich über Bord klettere, mich mutig in den weichen Schlick gleiten lasse und versuche, das Gesicht nicht zu verziehen, als er zwischen meinen Zehen hochglitscht; es fühlt sich an, als ob ich direkt auf die schlüpfrigen Bäuche einer ganzen Aalversammlung getreten wäre.

Amy ist eindeutig beunruhigt. Und die Tatsache, daß ich das Boot hin- und herschaukle, um es aus den Fängen des Schlicks zu befreien, trägt vermutlich nicht gerade zu ihrer Beruhigung bei.

»Amy, du weißt ja, unter diesen Umständen«, hält Marjorie für das offizielle Logbuch dieser Fahrt fest, »ist Meuterei durchaus gerechtfertigt. Unser dämlicher Kapitän hat uns Gott weiß wo hingebracht. Wir sind verloren. Wir sinken. Ob wir jemals wieder einen Hafen erreichen? Ich für meine Person bezweifle das. Was, o Gott, was sollen wir nur tun? Was sagtest du, Amy? Eine Meuterei? Ja! Aber ist das nicht gesetzeswidrig? Denk an Fletcher Christian. Du hast recht. Unter diesen Umständen *ist* sie gerechtfertigt. Komm, wir legen ihn in Ketten.«

Mit einem zufriedenen Schmatzen befreit sich das Schiff aus dem Schlamm. Ich taste mich vorsichtig vorwärts und ziehe es hinaus ins tiefere Wasser.

»Ich glaube, ich würde lieber auf dem einsamen Atoll dort ausgesetzt werden«, sage ich und deute zurück zu Tern Island. »Dein erster Maat scheint mir bis an die Zähne bewaffnet zu sein.«

Das Boot ist wieder flott, die Wasserstraße nicht weit.

Eine frische Brise trägt uns zurück um Minister Point herum und durch die Bucht, die ganze Strecke an Fox Hill vorbei. Amy sitzt jetzt oben auf der Bank, blickt in Richtung Zuhause und saugt gierig die vertrauten Düfte der heimatlichen Gefilde ein.

»Wohin fährst du?« fragt Marjorie.

»Zurück.«

»Zurück? War das alles? Wir könnten doch mindestens bis zum Yachtclub segeln.«

Oh, das sind ja ganz neue Töne. Könnte es sein, daß meine Schwester unsere morgendliche Segeltour jetzt doch genießt? Ich werde meine Theorie testen.

»Ich glaube, Amy reicht es«, gebe ich zu bedenken.

»Amy reicht es noch gar nicht. Und schieb nicht immer Amy vor, wenn du selbst etwas nicht möchtest.«

Amy blickt sehnsüchtig zu ihrem Strand und ihrem Haus hinüber. Langsam ist sie zu der Überzeugung gelangt, daß sie sich an Bord der *Mary Celeste*, jenes geheimnisumwitterten Schiffes befindet, das auslief und dessen Besatzung nie wieder gesehen wurde.

»Weiter segeln wir nicht mehr?« fährt Marjorie unbeirrt fort. »Na, das hat sich ja überhaupt nicht gelohnt. Laß uns doch wenigstens zur städtischen Anlegestelle fahren. Ich werde deinen Eltern erzählen, daß du uns keine anständige Segeltour geboten hast.«

Ein Segelschiff gleitet weit drüben im Westen vor der Küste entlang, es ist unterwegs Richtung Meerenge. Den Narrows. Es ist das einzige andere Boot, das wir heute morgen in der Bucht gesehen haben. Wir wissen, was das bedeutet. Die Sommersegellager sind seit ein paar Wochen geschlossen. Die Schulkinder und Studenten sind abgereist. Auch wir sind da keine Ausnahme und schließen uns diesem alljährlichen Aufbruch der Zugvögel an, werden also in wenigen Tagen, am ersten Septembermontag, dem Tag der Arbeit, abreisen. »Die Sprache kennt kein Wort für die Traurigkeit, die sich einstellt, weil das Sommerende bevorsteht«, schrieb E. B. White einmal, »aber der menschliche Geist hat ein Wort dafür und nimmt seine ersten Vorboten wahr.« Wir merken es an dem schrägen Sonnenlicht – die Sonne steht kurz vor zwölf weiter westlich als sonst; wir sehen es am herbstlichen Blau der Bucht, an der veränderten Gestalt der Wolken, an der Klarheit des Himmels – kein sommerlicher Hitzedunst heute. Wir spüren das Ende des Sommers an der Kühle der strahlenden Mittagsstunde. Wir riechen es in der Brise, die den Duft der goldenen Marschen herüberträgt. Wir hören es am summenden Chorgesang der Grillen in den Salzwiesen: *Sechs Wochen bis zum ersten Frost, sechs Wochen bis zum ersten Frost.* Die Abende werden länger und die goldenen Tage kürzer. Plötzlich wird jeder Tag zu einer Kostbarkeit, zu etwas, was man horten muß wie Süßigkeiten in den Taschen eines Kindes. Wir genießen die Wärme der Stunde. Wir werden noch etwas länger segeln, ja.

Als Amy beobachtet, daß wir die falsche Richtung einschlagen – fort vom Dingi –, scheint sie sich auf den Ernstfall gefaßt zu machen, auch wenn ihr Zittern nachgelassen hat. Sie hat einen Punkt erreicht, an dem sie bereit ist, ihr Schicksal anzunehmen. Ein bißchen mehr wird vielleicht keinen bleibenden Schaden anrichten.

»Also gut, aber weiter nicht, denn sonst wird's zu schwierig, gegen die Flut zurückzusegeln.«

»Meine Güte! Kann dieses Boot denn überhaupt nichts? Ich wußte doch, daß sie sich ein besseres Boot hätten kaufen sollen.« Spricht's und lehnt sich wieder gegen die Rettungsweste, um sich nun nach allen Seiten umzusehen und den Morgen zu genießen.

Die Route der Pilgerväter hinunter in Richtung der städtischen Anlegestelle und, weil's so schön ist, noch ein kleines Stück weiter; dann kreuzen wir mit der morgendlichen Brise gegen die Flut zurück. Inzwischen geht mir die ganze Crew begeistert zur Hand – Amy steht oben auf dem Bug und weist den Weg nach Hause, um sicherzugehen, daß wir unser Ziel diesmal nicht verfehlen, und Marjorie hält den Bootshaken in der Hand, um die Muringsboje einzuholen, sobald wir uns nähern – wir legen im ersten Anlauf eine elegante Landung hin und sind rechtzeitig zum Mittagessen wieder im Hafen.

Am Strand hört Amy gar nicht mehr auf, sich zu schütteln, so als erwache sie aus einem bösen Traum und wolle sich selbst überzeugen, daß nichts davon tatsächlich und wirklich passiert ist; sie wälzt sich in tiefer Glückseligkeit auf dem Rücken im Sand (in der Welt der Hunde vermutlich das Äquivalent zum Küssen des Bodens und dem Gelöbnis, nie wieder den festen Grund zu verlassen); dann saust sie vor Marjorie her den Pfad zum Haus hinauf. Und ich kämpfe wie einer der Wolgaschiffer damit, ächzend und stöhnend das Dingi aus dem Wasser hinauf in den Sand zu hieven, einen Zentimeter gewonnen, zwei, drei, und hau ruck! Noch einmal, hau ruck! Bis zu seinem Liegeplatz auf dem Strand zwischen dem Strandhafer, oberhalb der Flutmarke. Als das Flimmern vor meinen Augen nachläßt, packe ich die Ruder, die Schwimmwesten, den Segelsack und das Stechpaddel zusammen und gehe, schwankend unter meiner Last, den kleinen Weg hinauf.

»Er hat es doch tatsächlich geschafft, auf irgend so eine dämliche Sandbank aufzulaufen«, höre ich Marjorie meinen Eltern erzählen, als ich auf den Rasen gestolpert komme.

Und von Amy höre ich keine Widerrede, sie scheint vielmehr zustimmend zu nicken.

Golden Retriever lieben das Wasser; und ich sah uns bereits in künftigen Sommern in der Bucht herumkreuzen, Amy, die wachsam auf dem Bug sitzt, zur Küste und zu den Inseln hinüberspäht und die Rolle des Kommandanten übernimmt, dessen Pflicht es ist, das Schiff in den Hafen zu lotsen, mit einer Entschlossenheit im Blick, wie man sie auf alten Porträts von Seekapitänen aus dem 19. Jahrhundert findet. Ich konnte mir bereits lebhaft vorstellen, an einem trägen Septembernachmittag die verschlungene Mündung hinaufzusegeln, die zum Meeting House Pond führt; der Himmel und die Bucht wären von jenem herrlichen tiefen Spätsommer-Blau, und die Marschen würden allmählich eine goldene Färbung annehmen. Im August, wenn gerade Flut wäre, würden wir mit dem Boot in die durch das steigende Wasser entstandenen Priele fahren, die sich wieder und wieder verzweigen und ein Labyrinth in die Marsch von Strong Island zeichnen, wo im Herbst die Jäger den Enten auflauern; das war ein großartiges Gelände für Retriever, und ich sah Amy schon vor mir, wie sie schaute und versuchte herauszufinden, was da wohl vor sich ging. Und natürlich wären da die Regatten, bei denen Amy, deren Ohren vom Wind nach hinten gepustet würden, jedes Boot, das versuchte, sich vor uns zu schieben, drohend anknurrte.

Das war meine Phantasie. Amys Vorstellung sah ganz anders aus.

Betrachtete uns Amy, wenn wir im Gänsemarsch vom Haus zum Strand hinunterliefen, um in der Bucht schwimmen zu gehen, als Lemminge, die sich ins Wasser stürzen, so waren unsere Segeltörns für sie nach wie vor nichts anderes als vollkommen verrückte Kamikaze-Aktionen. Es hätte mich nicht gewundert, wenn sie unser Dingi mit Gott weiß welchem Äquivalent aus der Hundesprache für die

Andrea Doria bezeichnet hätte und unser Segelboot mit einem anderen Namen für die *Titanic*. Sie ging beiden nach Kräften aus dem Weg.

Einmal, als wir das Boot am Ende eines Segeltages an seiner Muring vertäuten, sah zufällig eines unserer Besatzungsmitglieder flüchtig zum Haus hoch und erspähte mit seinen Adleraugen durch das Fenster im oberen Stockwerk: ein Retriever-Gesicht.

Amy war die Treppen in den zweiten Stock hinaufgerannt und dort auf das kleine, zweisitzige Sofa am Fenster gesprungen, um einen optimalen Blick auf uns zu haben; genau wie eine Kapitänsfrau, die in Neuengland mit dem Teleskop in der Hand zum Ausguck auf dem Dach ihres Hauses klettert, um das Meer nach ihrem heimkehrenden Mann abzusuchen. Dort, auf dem Sofa, lief sie unruhig hin und her, hielt besorgt Ausschau und wartete auf unsere Rückkehr. Und als wir dann endlich die Klippe heraufkamen, vollführte sie natürlich einen Freudentanz und ließ uns eine unausgesprochene Ermahnung zuteil werden, haargenau wie die der Piraten, die einst in der Karibik kreuzten: »Bist du an Tortuga heil vorbeigekommen, nimm dich in acht vor Hatteras.« Was übersetzt in die Golden-Retriever-Sprache vermutlich so etwas heißt wie: *Diesmal habt ihr noch Glück gehabt, liebe Rudelmitglieder, doch daß ihr mir nie wieder solche Dummheiten macht!*

Abschiede

»Es wird Zeit, daß ihr euch fertig macht«, verkündet mein Vater um 16.45 Uhr, denn er weiß, daß wir mindestens eine Stunde brauchen, um Sand, Salzwasser und Sonnenmilch wegzubekommen und uns einigermaßen annehmbar zurechtzumachen, so daß wir zum Abendessen ausgehen können.

Amy spürt sofort einen Tempowechsel im vertrauten Tagesablauf, dieses Gefühl einer Richtungsänderung, wenn wir unser Tun unterbrechen und auf unsere Zimmer gehen, um uns gründlich zu säubern und umzuziehen.

Als ich das Wasser im Badezimmer abdrehe, wappne ich mich für das erwartete Geräusch: das Kratzen einer Pfote an der Tür.

Da ist es. O Mann, jetzt geht's los.

Ich öffne die Tür, und vor mir steht Amy, den Tennisball im Maul, mit einem Körper, der vor Aufregung zuckt, und einem Blick, der fleht: *Ich auch! Ich auch!*

Heftige Schuldgefühle. Hier sind wohl ein paar Erklärungen angesagt.

»Amy? Amy? Hör zu, ich muß dir sagen, was wir vorhaben.«

Sie wirft den Kopf in den Nacken, um den Ball besser zu packen, duckt sich auf die Vorderpfoten, springt dann zurück in den Stand, in Habachtstellung, und versucht mich zu einer schnelleren Gangart zu bewegen, mich anzutreiben zu einer neuen Jagd.

»Amy?« Ich lasse mich vor ihr auf die Knie nieder, streiche glättend über ihre samtenen Ohren und erkläre ihr ruhig, was los ist.

»Amy, wir müssen heute zum Abendessen ausgehen, ja?«

Für den Bruchteil einer Sekunde sieht sie mich an, als ob sie genau verstünde, was ich sage und welche Folgen das für sie hat, aber dann besinnt sie sich, nicht bereit, so schnell nachzugeben. Aus dem Augenwinkel erspäht sie flüchtig eine Socke, die auf dem Boden herumliegt, und mit einem verstohlenen Blick pirscht sie sich langsam an sie an.

Ich packe die Socke und lege sie auf den Schreibtisch.

Sie läßt den Tennisball fallen und starrt zu der Socke hoch, während sie ihren nächsten Schritt überlegt.

»Also, nun hör mal gut zu«, beginne ich erneut. »Wir müssen zum Abendessen ausgehen, okay?«

Sie hört auf, die Socke anzustarren. Und schaut mich an – wobei ihre Miene immer weniger die Erwartung eines neuen Abenteuers widerspiegelt, sondern mehr und mehr die Ahnung, daß eine schlechte Nachricht ansteht.

»Also, weißt du, wir müssen zum Abendessen ausgehen, aber wir kommen bald wieder. Ja? Wir kommen bald wieder zurück.«

Aah, sie ist wirklich einmalig! Sir Laurence Olivier? Helen Hayes? Zweitklassige Laienschauspieler im Vergleich zu einem Golden Retriever. Innerhalb einer Sekunde hat sie übergangslos und ohne das Kostüm oder die Maske zu wechseln von freudiger Erwartung umgeschaltet zur abgrundtiefen Trauer der soeben Verwitweten.

»Einverstanden, Amy?« Ich gebe ihr einen Klaps und kitzle sie unter den Ohren, dort, wo sie es so gerne hat. »Es wird nicht lange dauern. Und du kennst doch ihre Vorschriften, daß Hunde im Speisesaal nicht zugelassen sind. Ich weiß … Ich weiß nicht, warum sie es verbieten. Nein, du sabberst nicht. Ja, du bist beim Fressen sehr, sehr sauber. Aber hör zu. Wir sind bald wieder da, ja?«

Sie weigert sich, mich anzusehen, als ich sie streichle, wendet den Kopf zur Seite, und während ich noch meine ungeschickten Entschuldigungen murmele, dreht sie sich ganz ruhig um und läuft wie zu den Klängen eines Grabgesanges hinaus. Auf dem Küchenboden höre ich das Klicken ihrer Krallen.

Ich weiß genau, wohin sie gelaufen ist. Und als wir schließlich fertig und in der Diele zum Aufbruch versammelt sind, sehe ich sie: Sie sitzt im Wohnzimmer am großen Fenster, schaut aber nicht hinaus auf die Sonne über der Bucht oder die beiden Kaninchen, die sich auf dem Rasen jagen, oder den Schwarm Wachteln, die aus den Wachsmyrtensträuchern auffliegen, um auf dem Rasen auf die Suche nach Raupen für ihr Abendessen zu gehen. O nein: Sie sitzt da und starrt unverwandt auf die Rückenlehne des großen alten Lehnstuhls am Fenster.

Es ist klar, daß wir ein Unrecht begangen haben. Wir haben eine grundsätzliche Vereinbarung ihres Rudels gebrochen: daß wir alle gleich sind – Weggefährten auf dieser Erde für eine gewisse Zeit – einer für alle und alle für einen; ein Abkommen über ewige Freundschaft. Wir verlassen sie. Wie Sünder schleichen wir einer nach dem anderen zur Eingangstür, beschämt über uns selbst.

»Wir kommen bald wieder, ja?«

»Amy, sei brav. Paß aufs Haus auf.«

»Beeilt euch! Los, beeilt euch!« befiehlt mein Vater.

Nicht einmal ein Blick. Sie sieht keinen von uns an und starrt, die Augen geradeaus gerichtet, traurig mitten auf die Lehne des großen alten Stuhls.

Wir haben das Gefühl, als hätten wir unseren besten Freund verraten, und sind plötzlich gar nicht mehr so darauf erpicht auszugehen (»Sollten wir nicht besser das Geld sparen, zu Hause bleiben und den Hackbraten aufessen?« »Jetzt ist es zu spät, wir haben reserviert.« »Nun sei doch nicht albern, sie kommt schon zurecht.«); so schleichen wir zur Haustür hinaus und ziehen sie sachte hinter uns zu.

Von unserem Tisch vor den raumhohen Fenstern beobachten wir den Sonnenuntergang hinter den mit Kiefern bestandenen Hügeln auf der anderen Seite der Bucht, während ein einsames Segelboot seine Bahn zum Hafen zieht. Die flache Schüssel mit der sämigen Muschelsuppe, auf der Austerncracker schwimmen, schmeckt nach Sommer – eine Suppe, wie man sie nur hier in Neuengland zubereitet; die letzten Tropfen werden aufgetunkt mit einem Stückchen von einem dieser kleinen selbstgebackenen Kuchen, die mit heimischen Blaubeeren durchtränkt sind. Darauf folgt Schwertfisch, der am selben Tag vor der Küste gefangen wurde, und dann der warme Maisauflauf, den man so ebenfalls nur auf Cape Cod bekommt, gekrönt von einer kleinen Kugel Vanilleeis. Einfach göttlich! Aber unterschwellig sind unser aller Gedanken bei unserer Freundin, die einsam zu Hause sitzt, auf die Lehne eines Stuhls starrt und auf unsere Rückkehr wartet.

Unsere bohrende Sorge ist natürlich, daß sie vielleicht gar kein Theater spielt, daß Golden Retriever möglicherweise eine Fülle von uns Menschen unbekannten Empfindungen kennen – höhere Hochs und tiefere Tiefs, überwältigende Freude –, Empfindungen, von denen wir nur träumen können; unvorstellbare Einsamkeit und Verzweiflung, mit denen wir hoffentlich nie konfrontiert sein werden. Bei unserer über alles geliebten Gefährtin mischt sich die Überschwenglichkeit eines Kindes mit dem Sinn für das Wunder des Augenblicks und der Wahrnehmung eines Philosophen, daß »der geflügelte Wagen der Zeit naht«.

Wenn unsere Zeit so kurz bemessen ist, so scheint sie bei jedem Abschied zu fragen, *wie könnt ihr dann überhaupt auf die Idee kommen, mich zu verlassen?*

So gerne wir also verweilen würden, um den Garten mit den winterharten Stauden zu bewundern und vielleicht herauszufinden, wie man es schafft, daß er einen so schönen Anblick bietet mit dem majestätischen Rittersporn, der so blau ist wie die Bucht, den Hügeln aus Mädchenaugen, die wie winzige Sonnen wirken, mit Riesenmaßliebchen, die von Sommerwiesen wispern, und dem lilafarbenen Lavendel, der den einbrechenden Septemberabend mit seinem Duft durchzieht ... ja, so gerne wir auch verweilen würden, laufen wir doch eilig zum Auto und fahren nach Hause.

Golden Retriever verstehen es, einem das Gefühl zu vermitteln, daß man weniger wert ist als der Floh im Brustfell einer Katze, aber nie, wirklich nie sind sie lange böse.

Wir öffnen die Eingangstür. Und da steht sie, zitternd vor Entzücken, begrüßt uns mit freudigem Winseln, saust von einem zum anderen, springt an uns hoch und umarmt die Beine derer, deren Beine umarmt werden müssen, windet sich vom Kopf bis zum Schwanz vor lauter Glück, quiekt vor Aufregung und läßt klar erkennen, daß alles vergeben und vergessen ist. Von abgrundtiefer Niedergeschlagenheit zu grenzenloser Freude. Ihre Familie ist wieder zu Hause. Ihr Rudel ist zurück. Eins. Zwei. Drei. Vier. Alle da. Die Welt ist wieder in Ordnung. Was will man mehr?

Das Schlimmste ist natürlich das Ende eines zehntägigen oder zweiwöchigen Aufenthaltes. Nach dieser Zeit ist Amy durchaus folgerichtig zu der Überzeugung gelangt, daß wir vernünftig geworden sind und nun auf immer bereit, ihrem Rudel anzugehören. Sie ist sich dessen so sicher, daß sie allmählich die Anzahl ihrer nächtlichen Kontrollgänge zu den Betten verringert hat, mit denen sie sich vergewissern will, daß wir noch da sind. Natürlich sind wir noch da. Wir werden immer da sein.

Und dann, eines frühen Morgens, an einem Morgen wie jedem anderen, einem Morgen, an dem unsere ersten Wetterbeobachtungen ergeben, daß die Sonne über dem Moor von Strong Island aufgeht und auf der blauen Oberfläche der Wasserstraße glitzert und daß der Tag eine frische Segelbrise bringt, die durch den Apfelbaum vor dem Fenster des Eßzimmers bläst, einem Tag, der wie gemacht ist für ein neues Abenteuer, an einem solchen Morgen steht wie aus heiterem Himmel dort an der Haustür ein Koffer. Wenn Amy ihn erblickt und ihn einen Augenblick lang anstarrt, dann ist es, als ob das Licht in ihrem Leben auf ewig erlöscht. Kein Interesse zu fressen. Kein Interesse an dem Geschehen am Frühstückstisch. Kein Interesse, nicht einmal an einem Häppchen Banane. *Jetzt passiert es wieder, zum Teufel*, sagt sie sich, oder was ein Retriever in dieser Lage sagen würde. *Wieder verlassen sie mein Rudel.*

»Du hast jetzt die volle Verantwortung, weißt du«, belehrt mich meine Schwester, wenn sie diejenige ist, die einige Tage vor mir abreisen muß. »Geh mit ihr gleich nach dem Frühstück nach Morris Island, okay?«

»Ja, mach' ich.«

»Und daß sie genügend Auslauf bekommt.«

»Wird gemacht.«

»Sonst wird sie trübsinnig.«

»Ich weiß.«

»Du bist verantwortlich.«

»Ich weiß«, sage ich und kenne nur allzugut die fragenden Blicke, die ich an diesem Tag ernten werde, und die Art, wie sich Amy an einem wunderschönen Morgen auf halbem Wege zum Strand von Morris Island erinnern wird.

Sie wird innehalten und sich weigern, auch nur einen Schritt weiter zu gehen. Ich weiß, wie sie, wenn sie mich in die gewünschte Richtung gedrängt hat – zurück zum Auto –, anfängt, schneller zu laufen, und den ganzen Weg zur Straße zurückrennt, weder rechts noch links blickt und an der Wagentür darauf wartet, daß man sie hineinläßt. Ich kenne ihr Wachen an der Haustür und weiß, wie sie während des Tages in das leere Schlafzimmer wandert und in den darauffolgenden Nächten die Betten kontrolliert, wobei sie Nacht für Nacht ein leeres Bett vorfindet, und ich höre schon das Klicken ihrer Krallen auf dem Küchenboden, wenn sie zu ihrem Lager zurückkehrt.

Oktoberlicht

Und das war es. Das war das Gefühl, das mich an jenem Samstagmorgen befiel, als ich im strahlenden Oktoberlicht neben Amy in der Diele lag, und der Tod uns am Ohr zupfte und im Wirbel des Eichenlaubs draußen auf dem Rasen flüsterte: »Lebt! Ich komme.« Es waren Augenblicke eines Lebens, die uns im Gedächtnis haftengeblieben waren.

Wie gut es tat, sicher und warm zusammengerollt drinnen im Haus zu liegen, während der Nordostwind heulend durch die Kiefern fuhr, an den Fensterzargen rüttelte und der Regen gegen die Hauswand peitschte.

Die überschwengliche Begrüßung, wenn wir heimkamen.

Die Wolkenschatten, die an einem windigen Tag über den Rasen jagten.

Die klaren, schweigenden Nächte, wenn die Milchstraße zwischen Himmel und Meer eine Brücke spannte und weit draußen die Brecher von der offenen See heranbrausten.

Der Sommergeruch der Butenmarsch an einem späten Nachmittag.

Durch den Sand zu laufen, das raschelnde Geräusch der Kiefernnadeln unter den Füßen.

Der Ruf einer trauernden Taube an einem nebelverhangenen Morgen.

Gemeinsam einen Becher mit Zitronenyoghurt zu leeren.

Mitten in der Nacht aufzuwachen und Amys Blick zu sehen, wenn ihr Kopf auf der Matratze neben dem Kissen ruhte und sie mit dem Schwanz gegen das Bett klopfte, sobald sie merkte, daß man die Augen öffnete.

Wie jeden Tag alles so wunderbar sein konnte.

»Gute Zeiten, Amy. Wir hatten gute Zeiten zusammen, nicht wahr?«

Sie sah mich an mit einem Blick, den ich schon kannte, diesem Irgend-etwas-läuft-schief-irgend-etwas-stimmt-nicht-bitte-hilf-mir-Blick.

Nicht selten hatten wir gewußt, was zu tun war.

Auf Winterspaziergängen durch den Schnee blieb sie manchmal plötzlich stehen und setzte sich hin, nicht bereit, auch nur einen Schritt weiter zu laufen. Wir untersuchten dann ihre Pfoten, und tatsächlich, zwischen den Ballen steckten harte, kleine Eisstückchen, die wir eins nach dem anderen herausschnippten, und schon ging es weiter. Die großen, häßlichen, widerlichen Zecken, geschwollen und aufgetrieben von ihrem Blut, lasen wir ihr ab und ließen sie in die mit Seifenlauge gefüllte Blechdose fallen. Wir lösten die stacheligen Zweige, die sich in ihrem Fell verfangen hatten und die sie nicht herausbeißen konnte, schnippelten die verfilzten Haare hinter ihren Ohren weg und zeigten sie ihr, wir kratzten sie an den Stellen, an denen sie gekratzt werden wollte, und stets hatten wir eine Schüssel mit kühlem Wasser für sie, wenn sie Durst hatte. Da waren Leute, die recht brauchbare Rudelmitglieder abgaben, jedenfalls gelegentlich – Leute, die ein köstliches Bad aus Tomatensaft bereiten für diejenigen, die mit übelriechendem Stinktiersaft bespritzt worden sind, die mit dem Auto schneller fahren, als Tiere rennen können, die jagen gehen und, ohne einen Tropfen Schweiß zu vergießen, mit Säcken voll Beute zurückkehren, die in der Küche aufbewahrt werden muß, Leute, die Türen öffnen und einen Raum hell oder dunkel werden lassen können. *O ihr Götter, die ihr auf Erden wandelt und tagtäglich Wunder vollbringt*, lese ich in ihren großen braunen Augen, die mich ansehen, meinen Augen begegnen, *helft mir jetzt*.

Und doch konnten wir für sie, die uns zehn Jahre lang Tag und Nacht so beständig bewacht hatte wie die treueste und liebevollste Kinderfrau, jetzt, da sie uns brauchte, nichts tun.

Sie schloß die Augen und döste leise atmend.

Es war Zeit, zu gehen. Es war Zeit, sich zu verabschieden.

»Amy? Ich muß gehen, ja? Ich muß gehen. Du kommst zurecht, oder?«

Ich flüsterte in ihr Fell, damit sie mein Weinen nicht hörte.

»Amy, jetzt hör mal zu« – das würde ihr guttun – »morgen, morgen früh, ja? Amy. Jean. Und Bill. Fahren nach Cape Cod. Morgen!«

Sie lauschte.

»Morgen früh: Da fahren Amy, Jean und Bill nach Cape Cod, einverstanden, Amy? Amy wird es dort besser gehen.«

Mein Gesicht war in ihrer Schulter vergraben, in ihrem warmen, wunderbar frischen Geruch, den ich mir für immer bewahren wollte.

»Einverstanden, Amy? Ganz gleich, was passiert, wir sind dann alle zusammen, okay?« Stimmte das? War das möglich? »Und Scotch.«

Ihre Ohren zuckten, und ich war mir ziemlich sicher, daß sie sich an Scotch erinnerte, ihren Lieblingskameraden unter den Golden Retrievern in New Jersey, der vor zwei Jahren von einem UPS-Lastwagen überfahren worden war.

»Und Brambles ist auch dabei, ja?«

An Brambles erinnerte sie sich ganz bestimmt, an ihren

Retrieverkumpanen auf Cape Cod, der im Jahr zuvor gestorben war.

Ich preßte meine geschlossenen Augen an sie und betete, daß sie wirklich alle da sein würden. Bitte, was immer auch geschieht, laß sie nicht leiden.

Der Morgenwind wirbelte die braunen Eichenblätter vom Rasen auf und blies durch das Gitter. Sie hob schnuppernd die Nase, atmete den herbstlichen Duft von grünem Gras und welkenden Blättern ein.

»Wie fandest du uns, Amy? Wie fandest du uns? Warst du zufrieden, daß du bei uns gelebt hast? War es ein gutes Leben für einen Retriever?«

Hoffentlich war es das.

»War es für dich so schön wie für uns? Haben wir uns als Mitglieder deines Rudels bewährt?«

Sie hatte uns zu Stellen geführt, zu denen wir niemals gegangen wären, und uns Dinge gezeigt, die wir ohne sie niemals gesehen hätten. Hatten wir alles verstanden, was sie uns gezeigt hatte? Alles, was sie uns über Aufrichtigkeit und Zuverlässigkeit, über bedingungslose Freundschaft, Treue und Liebe mitteilen wollte? »Freut euch«, hatte sie uns gelehrt. »Jetzt, genau jetzt ereignet sich ein Wunder. Jeder Tag ist ein Abenteuer!« – »Stimm ein Loblied an«, war ihre Botschaft gewesen. »Bellet und jauchzet vor Freude! Wir erleben das Wunder des heutigen Tages. Trinket die Liebe zum Leben, die Liebe zur Liebe.«

Stets war es etwas Außergewöhnliches, was sich zwischen Menschen und Hunden entwickelt hat in den zwanzigtausend Jahren, die sie jetzt schon auf eigenen Wunsch in einer Gemeinschaft zusammenleben, die von gegenseitiger Bewunderung getragen ist. Was war dieses dauerhafte emotionale Band zwischen den Menschen und ihren Vettern in der Evolutionsgeschichte?

Unsere Vorfahren glaubten, sie würden Hunde im Himmel vorfinden.

Und als Peritas, der Hund Alexanders des Großen, im Alter von elf Jahren starb, benannte der Eroberer eine Stadt nach ihm.

Es war Argos, »der Hund des geduldigen Odysseus«, der als einziger Odysseus erkannte, als er nach seinen Kriegs- und Wanderjahren nach Hause zurückkehrte, der »mit dem Schwanz wedelte und die Ohren senkte; aber er war zu schwach, dem Herrn entgegenzulaufen.«

Und der römische Dichter Martial schrieb, daß Issa, die Hündin des Publius, »all die kostbaren Perlen Indiens wert« sei; »Kummer und Freude empfände sie ebenso wie erselbst«.

Lord Byron verfaßte 1808 die Inschrift eines Gedenksteins für Boatswain, seinen Neufundländer (in dessen Grab er einen Platz für sich selbst vorgesehen hatte):

»Unweit dieser Stelle ruhen die sterblichen Überreste eines Wesens, dem Schönheit ohne Eitelkeit, Stärke ohne Dreistigkeit, Mut ohne Grausamkeit zu eigen waren und all die Tugenden des Menschen ohne dessen Laster. Dieses Lob, das als Inschrift über der Asche eines Menschen leere Schmeichelei wäre, ist eine gerechte Huldigung zum Andenken an Boatswain, einen Hund.«

»Wie fandest du es, Amy? Ich? Ich möchte keine Minute missen.«

Ich streichelte sie und glättete ihr Fell, das nun mehr weiß als golden war.

»Adieu, adieu, Amy, ja?«

Ich stand auf, ging zur Haustür und sah sie daliegen, ihre Augen unverwandt auf meine gerichtet.

Lange letzte Blicke.

Ich ging wieder zu ihr und küßte sie auf den Kopf.

»Adieu, Amy. Sei brav, mein Mädchen. Adieu, Amy. Ich hab' dich lieb.«

Ein winziger leichter Schlag mit der Spitze ihres Schwanzes. Sie war müde, sehr müde und schlief schon wieder, träumte sicherlich von einem Morgen, an dem der Nordwestwind von den Inseln über die Bucht bläst.

Und alles, wonach ich verlange, ist eine vergnügliche Geschichte von einem lachenden Vagabunden
und ein ruhiger Schlaf und süße Träume,
wenn das lange Gastspiel vorüber ist.

Leise schließe ich die Haustür.

Früh am nächsten Morgen fahre ich zum Haus meiner Eltern, mit dem Gedanken, daß ich vielleicht helfen kann, und der Sorge, daß ich vielleicht störe, voller Angst, was mich erwartet. Wie können sie Amy überhaupt nach draußen und ins Auto schaffen? Aber die Jalousien sind heruntergelassen, das Haus ist ruhig. Sie sind bereits weg.

»Alles in Ordnung«, berichten sie nachmittags, als sie aus Cape Cod anrufen. »Amy lief zur Haustür hinaus und schaffte die Auffahrt ohne Schwierigkeiten, ohne zu hinken, sie sprang wie ein Zirkushund sofort auf den Rücksitz und schlief die ganze Fahrt bis hierher.«

Ein langer Weg, Amy. Du bist schon ein besonderer Hund.

Als sie in die Auffahrt eingebogen waren und Amy gemerkt hatte, wo sie war, hatte sie sich aufgerichtet und war auf dem Pfad hinunter zum Strand gelaufen, um die Gegend auszukundschaften. (»Lebt«, flüsterte der Tod im Wind, der durch den trockenen Strandhafer fuhr; »denn ich komme.«)

»Nun müssen wir sie einfach beobachten und dürfen nicht über den Tag hinausdenken. Wir werden sie morgen beim Tierarzt anmelden, damit er ihr Blut noch einmal untersucht, und dann hören, was er meint.«

Aber das waren auch schon die letzten guten Nachrichten.

Als der Tierarzt den Bluttest und die neuen Röntgenbilder mit denen aus New Jersey, die ein paar Tage zuvor gemacht worden waren, verglich, konnte er sehen, daß der Lymphdrüsenkrebs sich ausgebreitet hatte.

Und als ich am nächsten Abend anrief, war sie bereits gestorben.

Wenn wir mit dem Unendlichen, dem Unerklärlichen, dem nicht zu Rechtfertigenden ringen, suchen wir vielleicht nach Zeichen, oder vielleicht sind wir auch nur empfänglicher dafür. Einige Tage danach erregte jedenfalls morgens ein Geräusch vor dem Fenster meines Büros im dritten Stock meine Aufmerksamkeit, und da war es plötzlich: Eine Krähe war so nahe am Fenster vorbeigeflogen, daß sie entweder das Glas berührt hatte oder ich durch die Scheibe das Schlagen der Flügel hören konnte. Einige Sekunden später flog sie wieder an meinem Fenster vorbei und setzte sich auf den Wipfel einer Birke. Von ihrem Platz oben auf dem Baum, keine vier Meter von meinem Fenster entfernt, starrte sie mich unverwandt an und krächzte, und es klang, als belle ein Hund. Noch einmal stürzte sie sich an meinem Fenster vorbei nach unten, kehrte auf die Birke zurück und krächzte erneut. Dreimal wiederholte sie dieses Spiel und flatterte dann davon. Und ich war sicher an diesem einsamen Herbstmorgen, ich war sicher, daß sie die Nachricht überbrachte, daß alles in Ordnung sei. *Vergiß mich nicht*, hatte die Krähe gekrächzt. *Vergiß mich nicht.* Und da wußte ich, daß Amy weiter unter uns weilen würde.

Erscheint das so merkwürdig? Erscheint es so unmöglich, daß Amy, die so lange nach uns gesehen hatte, versucht hatte, Himmel und Erde in Bewegung zu setzen, um uns irgendwie wissen zu lassen, daß es ihr gutging? Verschwindet denn ein ganzes Leben voller Liebe so einfach? Aus? Vorbei? Das bezweifle ich.

Eine Zeitlang war sie allgegenwärtig.

Im Rascheln der trockenen Eichenblätter draußen in der Einfahrt.

Im Seufzen des Windes in der Schierlingstanne neben dem Haus und in der Art, wie ihr Schwanken das Sonnenlicht und die Schatten auf dem Boden der Glasveranda verschwimmen ließen, wo sie gelegen und gelauscht hätte.

An ihren Lieblingsplätzen im Haus meiner Eltern, so daß es mir, wenn ich hinüberfuhr, um im Haus nach dem Rechten zu sehen, nicht angebracht schien, ihre Spielsachen wegzuräumen: den Gummifußball und den grünen Frosch, die sie in der Ecke des kleinen Zimmers hinterlassen hatte, den Knochen aus ungegerbtem Leder neben ihrem Lager, den sie immer wieder benagt, die Tennisbälle, die sie so sorgfältig um das Haus herum versteckt hatte.

Sie war überall, und mir erschien die Entfernung zwischen ihr und mir überhaupt nicht mehr groß. Ich hatte den Eindruck, daß sie mich, wenn ich sie nur laut genug riefe, hören würde, wo immer sie war.

Und es gibt auch jetzt noch Zeiten, in denen ein Geräusch, die Andeutung einer Bewegung meine Aufmerksamkeit erregt; wenn ich von einer Tätigkeit aufsehe und zum Fenster hinausblicke, egal wo ich gerade bin, erwarte ich irgendwie, daß ich sie vielleicht sehe, halb glaube ich, daß sie plötzlich da sein wird, daß sie draußen über den Rasen läuft oder unter den Kiefern herumschnüffelt, um eine Fährte aufzunehmen, auf der Suche nach irgend etwas.

Und ich würde versuchen, sie ein letztes Mal zu fangen. Ich würde mit Gewalt jeden, der sich mir in den Weg stellte, zur Seite stoßen. Ich würde einen Stuhl ergreifen und notfalls ein Fenster einschlagen, um zu ihr zu laufen. Sie würde aufblicken, mich sehen und auf mich zurasen, dabei Laute der Glückseligkeit von sich geben, ihre typischen Retriever-Laute, den Schwanz kreisen lassen, und ich würde auf sie zulaufen, wir würden übereinander herfallen und uns im Gras wälzen, und ich würde sie für immer festhalten.

Nun aber ruhe sanft, guter Hirte. Deine Arbeit ist getan. Dein Rudel ist in Sicherheit. Danke, daß du uns gehütet hast.

Kleine Philosophie der Passionen

Elfriede Hammerl

Hunde

dtv 20037

»Es war einmal ein kleiner Hund, der nahm sich einen Menschen. Der Mensch war weder auffallend schön, noch auffallend klug, aber der kleine Hund beschloß, ihn für etwas Besonderes zu halten. Unermüdlich beschäftigte er sich mit ihm. Der Mensch lernte, hinter der Zeitung hervorzukommen und dem Hund zu folgen. Gemeinsam zogen sie durch die Welt. Die Welt lag im wesentlichen zwischen Hauptstraße und Kirchplatz. Schnee säumte die kahlen Äste der Bäume am Straßenrand. Von den gefrorenen Feldern grüßten heiser die Krähen herüber. Der kleine Hund führte seinen Menschen zum Bäcker, wo es nach warmem Brot roch.

Der kleine Hund wartete vor dem Bäckerladen, bis sich sein Mensch Brot gekauft hatte, das er zu seiner artgerechten Ernährung brauchte. Er selber gönnte sich inzwischen eine Nase voll von den Düften, die aus der Fleischhauerei herauswehten ...«

»... so erfrischend hundenah, als hätte ihr ein Hund jede Zeile diktiert.«

Kronen-Zeitung

Kleine Philosophie der Passionen

Christiane Grefe

Reisen

dtv 20163

»Ein Büchlein, das auch Reisemuffel zum Schmunzeln bringt.«
Augsburger Allgemeine

»Meine Reisetasche heißt Heimat. In dieser strapazierten, mit jeder Fahrt ein wenig mehr abgewetzten, die vorgeschriebene Kilozahl für Fluggepäck nie überschreitenden, jederzeit überallhin transportierbaren Heimat fühle ich mich zu Hause. Im Wortsinn unbeschwert. Ohne Ballast, damit der Ballon wieder aufsteigen kann ...«

Was Christiane Grefe auf Dienst-, Urlaubs- und Abenteuertouren widerfährt, wird Reiselustige an Selbsterlebtes erinnern und zum Philosophieren über die geteilte Passion anregen. Sogar Reisemuffel können sich gefahrlos an tragikomischen Anekdoten von Hotelbar-Bekanntschaften und Zugbegleitern, von Urlaubsknatsch und Orientierungsproblemen, von Notquartieren und Luxusabsteigen delektieren. Die Autorin muß trotz oder wegen aller Widrigkeiten bald wieder aufbrechen, egal ob nach Bitterfeld oder Sansibar. Denn nirgendwo ist es schöner als – unterwegs.

Kleine Philosophie der Passionen

Peter Würth
Gärtnern
dtv 20036

»Ein Garten ist ein schreckliches Wesen: vereinnahmend, herrschsüchtig, kostspielig, rücksichtslos, eitel, prätentiös und egozentrisch. Trotzdem verehrt ihn der passionierte Gärtner abgöttisch.«

»Ich liebe meine Frau. Und ich liebe unseren Garten. In dieser Reihenfolge. Eindeutig. Bei meiner Frau bin ich mir über die Rangfolge nicht immer ganz so sicher. Wenn sie von der Arbeit nach Hause kommt, ist sie müde und abgespannt, braucht Erholung. Das ist mehr als verständlich. Sie schließt dann die Türe auf, ruft mir ›Hallo Schatz‹ zu und geht in den Garten. Kein Kuß, keine Frage, wie es mir geht, nichts. Sie setzt eben Prioritäten: Wenn bei mir nicht alles in Ordnung wäre, hätte ich sie sicher schon im Büro angerufen. Außerdem bin ich erwachsen und selbständig. ›Ihr‹ Garten aber braucht sie. Er wartet den ganzen Tag lang auf sie, wartet darauf, gewässert, gedüngt, von Unkraut befreit zu werden. Ich kann ja selbst für mich sorgen, einkaufen gehen und mir etwas zu essen machen.«

»Ein lesenswertes und charmantes Buch – auch zum Verschenken. Statt Blumen.«
Bild am Sonntag